Erdmann Kühn ist in Berlin geboren und aufgewachsen und hat in Köln Kunst und Musik studiert. Er lebt im Rheinland, ist Musiker, Chorleiter, singt, komponiert, arrangiert, schreibt und arbeitet in der Lehrerfortbildung.

Von ihm sind außerdem erschienen: „Jascheks Reise" – ein Roadmovie in Romanform, „Himmel und Erde – Vaters Tagebücher 1926 – 1946", „Am Tag, als er sein Spiegelbild grüßte – Ein Lehrer verschwindet" und die Bücher der Friedel-Trilogie „Der Junge auf der Schaukel", Abschied von Berlin" und „Mein Kopf, der ist ein Zimmer". Alle Bücher sind bei BoD erhältlich.

Dörte

Chronik einer Liebe

Bibliografische Information der Deutschen
Nationalbibliothek: Die Deutsche Nationalbibliothek
verzeichnet diese Publikation in der Deutschen
Nationalbibliografie; detaillierte bibliografische Daten
sind im Internet über dnb.dnb.de abrufbar.

Erdmann Kühn (Hg.)
Dörte
© 2020 Erdmann Kühn
Alle Rechte vorbehalten
Korrektorat: Nadja Koob
Herstellung und Verlag:
BoD- Books on Demand, Norderstedt
www.ErdmannKuehn.jimdofree.com
ISBN 978 3 7519 5229 3

Ich hätte dir gern so viel mehr Freude gemacht,
aber ich denke, das ist nicht die Hauptsache.
Nimm als Geburtstagsgeschenk mein Herz,
meine ganze Liebe hin.

Dörte an Gerhard

Die Sonne sinkt uns weg,
die Herzen so leicht und fröhlich.
Die leise Liebe Dörtes.
Mein Herz ist wie mit Rosen geschmückt.

Gerhard

Zwei Menschen, die in der Dunkelheit
in ein Boot steigen und leise vom Ufer abstoßen.
Im Herzen die fröhliche Gewissheit,
es geht der Morgenröte entgegen.

Gerhard

Vorwort

Bei der Rekonstruktion der Geschichte von Dörte, die gleichzeitig auch die Liebesgeschichte zwischen Dörte und Gerhard ist, konnte ich auf die umfangreichen Tagebucheintragungen der beiden zurückgreifen, sowie auf unzählige Briefe. Gerhard hat in den Jahren seines Ruhestands Tagebücher und Briefe sorgfältig geordnet und auf seiner alten Adler-Schreibmaschine abgetippt, damit seine Kinder sich nicht mit den schwer zu lesenden Handschriften quälen müssen. Damit sie sich selbst ein Bild machen können von den Anfängen dieser Beziehung – und auch von ihrem Ende.

Gerhards Tagebucheintragungen sind öfter nach innen gerichtet, wie mit dem Seziermesser zerrt er Schwächen und Selbstzweifel ans Tageslicht und geht mit sich selbst meist unbarmherzig zu Gericht. Aber es gibt dort auch immer wieder knappe, präzise Schilderungen von Alltagsszenen und fast poetische Beobachtungen. Da wird plötzlich die Vergangenheit lebendig und rückt ganz nah heran, so dass man sie fast riechen, schmecken, fühlen kann.

Dörtes Tagebucheintragungen haben einen anderen Charakter. Sie schreibt nicht so sehr, um sich mit der eigenen Person auseinanderzusetzen, sondern um für andere Klarheit zu gewinnen und das Erlebte zu dokumentieren. In den ersten Jahren sind es oft Gebete oder Stoßseufzer, sie spricht mit Gott. Dann, als die Kinder kommen, schildert sie vor allem die Entwicklung ihrer Familie und kleine Begebenheiten, aus denen das Wesen ihrer Kinder hervortritt und sie selbst ganz in den Hintergrund rückt. So sehr, dass sie von sich selbst nicht mehr in der Ichform, sondern fast nur noch als „Mutter" oder „Mutti" spricht. Als sie zum letzten Mal mit riesigen Ängsten und ungeheuren Schmerzen ins Krankenhaus eingeliefert wird, schreibt sie keine Zeile über sich selbst, dafür aber seitenweise über ihre Kinder.

Die beiden Tagebücher parallel zu lesen und eine Auswahl zusammenzutragen, war für mich wie eine überraschend neue Entdeckungsfahrt durch vermeintlich altbekanntes und oft erzähltes Gelände. Vieles ergänzt sich und bekommt durch die Sichtweise des jeweils anderen eine völlig neue Perspektive. Ich habe nur sehr sparsam kursiv kommentiert, wo es mir für das Verständnis notwendig erschien, ansonsten reden die Protagonisten selbst. Vorangestellt sind die Aufzeichnungen von Dörte und ihrer Schwester Gretel über die Vertreibung aus Pommern und die Flucht nach Berlin.

Erdmann Kühn

Die Flucht

Zum Geburtstag ihrer Mutter schrieben die beiden ältesten Töchter Dörte und Gretel die Geschichte der Vertreibung ihrer Familie aus dem „Paradies" Rügenwalde in Pommern auf. Ihr Vater war Superintendent in der kleinen pommerschen Stadt an der Ostsee, die Familie wohnte im großen Pfarrhaus. Zum Zeitpunkt der Flucht 1945 war der älteste Sohn Hans aus erster Ehe mit 24 Jahren in amerikanischer Kriegsgefangenschaft. Die anderen sieben Kinder, zwischen 17 und anderthalb Jahren alt, flohen zusammen mit ihrer Mutter nach Westen. Der Vater blieb zunächst bei seiner Gemeinde in Rügenwalde, zusammen mit dem Großvater.

Wenn Dörte vom „ruhig und gleichmäßig verlaufenden Leben" spricht, ist es das, was sie bisher erlebt hatte: Eine weitgehend behütete Kindheit, in die der schon sechs Jahre während Krieg bisher nur am Rande eingedrungen war. Es gab Beschränkungen, der große Bruder war als Soldat eingezogen, die Eltern machten sich viele Sorgen. In der Schule wurde der Endsieg gepredigt und der Polen- und Russenhass. Und dann plötzlich wurde die lange propagierte „Russengefahr" ganz real: Der, wie man ja wusste, plündernde, mordende, vergewaltigende Russe stand vor der Tür. Und Hinterpommern war bereits abgeschnitten, auf dem Landweg war der Rest Deutschlands nicht mehr zu erreichen. Der Krieg war nach Rügenwalde gekommen, Panik breitete sich aus.

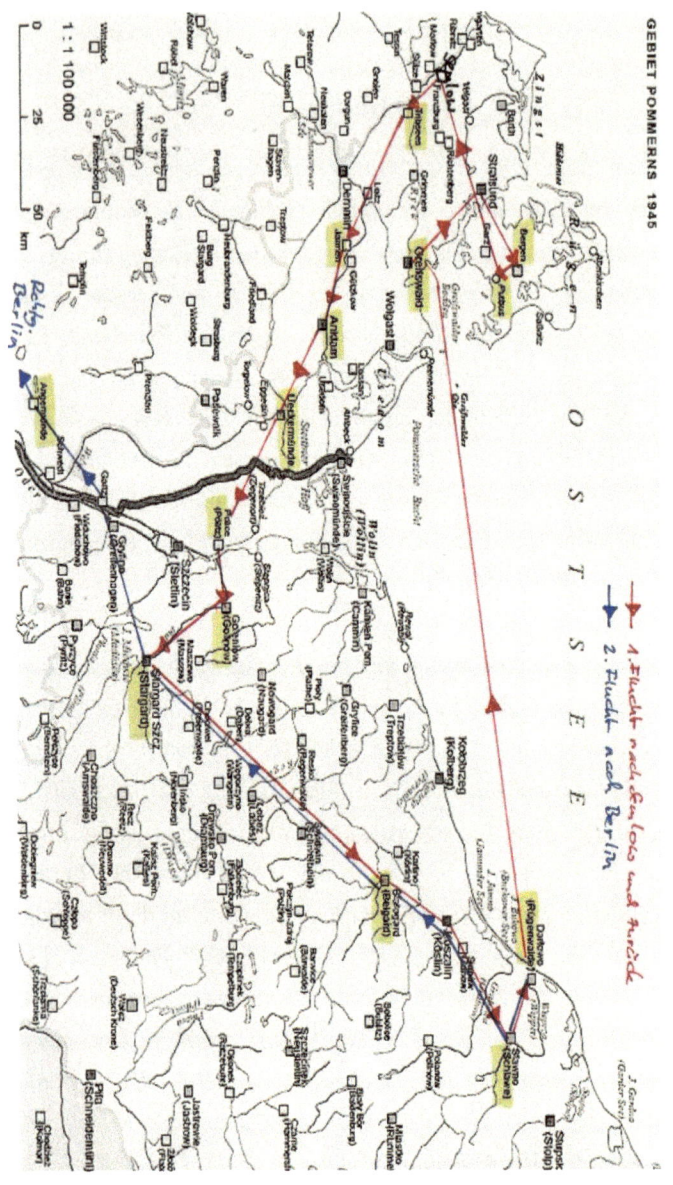

GEBIET POMMERNS 1945

1 : 1 100 000

1. Flucht nach Gotlos und zurück
2. Flucht nach Berlin

Es war im März 1945, als der furchtbare Eingriff in unser bisher so ruhig und gleichmäßig verlaufendes Leben geschah. Schon seit Beginn des neuen Jahres, als die Russengefahr immer näher rückte, wurden wir hin- und hergeworfen in unseren Plänen und Entschlüssen, da es anders kam, als wir erwartet hatten. Schließlich wurde uns klar, dass wir zu fünf Mädchen im Alter von 11 bis 17 Jahren nicht den Russen in die Hände fallen durften. So entschlossen wir uns zur Flucht, die, weil wir auf dem Lande schon abgeschnitten waren, nur zu Schiff möglich war. Wegen des Sturmes, der vorher herrschte, konnte sich jedoch kein Schiff hinauswagen. Dann kam überraschend die Nachricht, unser Schiff, mit dem wir fahren wollten, führe in wenigen Stunden. Nichts hatten wir vorbereitet, dazu lagen zwei von uns mit Fieber im Bett. Zum Glück verschob sich die Abfahrt bis zum Montag. Nach einer fast durchwachten Nacht brach der letzte Tag heran, an dem es Abschied nehmen hieß, Abschied von unserem lieben Vater und Großvater, Abschied von unserem Haus und Garten, von unserem geliebten Rügenwalde, Abschied von unserem bisherigen Leben, hinaus ins Ungewisse. Ob für immer? Wir wussten es nicht.

Nachdem wir am Hafen einen langen Fliegeralarm hinter uns hatten, fuhren wir endlich unter den Schüssen der Russen nachmittags ab. Viele Frauen blieben weinend am Hafen zurück und auch wir wurden nur als letzte

Familie in die Menge hineingepfercht. Glücklicherweise bekam wenigstens Mutti mit der kleinen anderthalbjährigen Cordel einen Platz auf Munitionskisten. Am Tage ließ sich alles eher ertragen, furchtbar dagegen wurde es nachts, als es unten stockdunkel wurde. Die Menschen waren fast alle seekrank, dazu diese große Überfüllung. Seinen Höhepunkt erreichte dies abenteuerliche Unternehmen jedoch um Mitternacht. Plötzlich in der Stille der Nacht eine furchtbare Erschütterung, einen Augenblick tiefe Stille, dann aber bricht die Panik los. In der Annahme, es sei eine Mine gewesen, jagte alles die schmale Leiter hinauf, um sich zu retten. Wir blieben mit wenigen unten und stellten unser Leben in Gottes Hand. Und wir blieben behütet. Wir erfuhren, wir seien mit einem Kriegsschiff zusammengestoßen. Zwar hatten wir ein tüchtiges Leck und auch der Motor versagte öfter, aber am nächsten Vormittag kamen wir glücklich in **Greifswald** an.

Vom Roten Kreuz wurden wir abgeholt und in ein Massenquartier geführt, was mit ziemlichen Schwierigkeiten verbunden war, da wir eine Menge Sachen zu tragen hatten. Nachdem wir verpflegt worden waren, warfen wir uns ins Stroh, froh, uns wieder ausstrecken zu können. Doch wo sollten wir jetzt hin? Die arme Mutter lief zu den Pastoren, doch keiner konnte uns helfen. Da entschlossen wir uns, weiter mit einem Sammeltransport zu fahren, wohin er auch ginge. Nach

einer Nacht voller Aufregungen, wieder mit Fliegeralarm, wurden wir am nächsten Morgen in einen Viehwagen verladen und fuhren nach Überwindung vieler
Schwierigkeiten am Spätnachmittag nach **Bergen** (auf
Rügen), wo uns wieder eine Nacht im Massenquartier bei
Fliegeralarm erwartete. Wir versuchten, dort bleiben zu
können, doch wurde es uns nicht erlaubt. So blieb uns
nichts übrig, als weiter mit dem Transport nach Putbus
zu gehen. Wir waren schon recht verzagt und hoffnungs-
los, wo wir wohl noch einmal eine Heimat finden
würden. In diesen Stunden waren unser Trost die Lieder,
die wir während der Fahrt sangen, und durch die wir alle
Sorge, alle Not von uns abwälzten und sie Gott vertrauten.

So kamen wir nachts in **Putbus** an. Nach einer noch
schlimmeren Nacht bekamen wir am nächsten Morgen
neuen Mut. Bei strahlendem Frühlingssonnenschein
wurden wir von den Kasnevitzer Bauern auf Wagen
abgeholt. Doch wieder ging es dort ins „Massenquartier
Buchholz", einem Gasthof. Von dort wurden alle anderen im Dorf verteilt, nur wir mit einer anderen kinder-
reichen Familie kamen nirgends unter; denn wir konnten
mit unserer großen Kinderschar nicht prahlen und uns
anbieten, wie es die anderen mit ihrem Können und
ihren Fähigkeiten taten. Da waren wir so verzagt, dass
wir schon bitter wurden und unsere Not dem NSV-Leiter
(Nationalsozialistische Volkswohlfahrt) klagten.

Doch dieser, ein Mensch, der es wohl gut meinte, aber ziemlich dumm war, kratzte sich den Kopf und überlegte angestrengt, indem er die Augen ganz dumm verdrehte, aber er wusste sich auch keinen Rat. Endlich kam eine Frau auf den Gedanken, auf dem nahen Gut Crimvitz anzurufen, und die Gräfin Putbus war auch tatsächlich bereit, uns neun Personen aufzunehmen. Noch am selben Tage wurden wir mit Wagen abgeholt und sahen der Zukunft voller Erwartungen entgegen.

Wir hatten es gut in **Crimvitz**, doch fühlten wir uns so vereinsamt, denn Frau von Putbus ließ uns die Kluft zwischen Adel und Bürgertum, zwischen Eingesessenen und Flüchtlingen, doch sehr fühlen. Damals empfanden wir so recht, was Flüchtling zu sein bedeutet, dass man kein Recht, keinen Anspruch auf etwas mehr hat, sondern nur eben geduldet werden muss. Doch wenn die Kluft zwischen Frau von Putbus und uns auch sehr groß war, nett war doch das Verhältnis der Flüchtlinge untereinander. Besonders gut meinte es eine Hamburgerin, Frau Zieps, mit uns. Sehr dankbar waren Gretel und ich auch, dass wir das Orgelspielen dort weiterführen durften und dass wir sogar die Organistenstelle in Kasnevitz übernehmen durften. Bei dieser Gelegenheit besuchten wir oft die anderen Rügenwalder, mit denen wir treu zusammenhielten.

Nachdem wir das Osterfest in Crimvitz gefeiert hatten, fand unsere Tante Annemie *(Mutters Schwester)*, die mit ihrer Familie *(Sprondels, ebenfalls aus Pommern)* in das Semlower Pfarrhaus geflüchtet war, uns in Crimvitz. Da durch den Transport ostpreußischer Flüchtlinge nach Oldenburg dort ein Zimmer freigeworden war, beschlossen wir, dorthin überzusiedeln. Am 10. April zogen wir mit Sack und Pack nach Bergen und fanden auch im Viehwagen mit unseren Sachen Platz. Doch wurde es je dunkler desto voller, und als wir in Staatlich Horst aussteigen wollten, ging die Zugtür nicht auf, wir kamen nicht so schnell durch die vielen Menschen hindurch, dann sprangen Mutter mit Cordelchen, Grete, Bärbchen und unser Mädchen hinaus, ich wollte die Sachen nachreichen – da setzte sich der Zug in Bewegung, wir mit den Sachen blieben drin. So mussten wir bis zur nächsten Station warten, stiegen dann aus und blieben die Nacht auf dem Bahnhof. Am nächsten Nachmittag holte uns dann ein Rollwagen, der an dem verhängnisvollen Abend vorher leer vom Bahnhof hatte zurückkommen müssen, ab.

In **Semlow** *(Mecklenburg)* haben wir wunderschöne Tage verlebt, friedlich, freundlich, ruhig. Frau Pastor Biermann war rührend zu uns, an allem durften wir teilhaben, sie suchte wirklich, uns unser schweres Los zu erleichtern, wenn wir abends zusammensaßen, oft beim fröhlichen Singen und Musizieren. Doch wir konnten dieser Zeit nicht recht froh werden, denn die Sorge um unseren Vater lastete zu schwer auf uns. Wohin man hörte, überall hieß es, er sei tot, erschossen von einem Rügenwalder. Wir sträubten uns zuerst gegen das Gerücht und wollten nichts darauf geben; aber als es dem Konsistorium als amtliche Tatsache gemeldet war, mussten wir es glauben. Eine andere Sorge für uns waren die immer näher rückenden Russen. Wir sagten uns, dafür haben wir die Heimat, alles aufgegeben, um hier doch noch von ihnen eingeholt zu werden. Aber an ein Weiterfahren war nicht zu denken. Am 1. Mai war es dann so weit – die Russen zogen in Semlow ein, das ohne Kampf kapituliert hatte. Die Übergabe ging so glatt und reibungslos vonstatten, dass wir ganz überrascht waren: Nachmittags hielt ein russisches Auto im Dorf, ein Offizier stieg aus und erklärte das Dorf für besetzt. Doch das Unglück kam nach.

Am nächsten Morgen mit dem ersten Dämmern rollten russische Autos ins Dorf, marschierte die russische Soldateska ein. Zuerst ging es ins Schloss, das völlig leergeräumt wurde, die Gräfin Beer-Negendank besaß, als sie aufstehen wollte, kein Kleid zum Anziehen mehr. Dann ging es ins zweitgrößte Haus, das Pfarrhaus. Weil unser Zimmer gleich vornean lag, wurde es zuerst leergemacht. Wäsche, Kleider, Uhren, Füllfederhalter, alles, was ihnen gefiel, nahmen die Horden mit. Doch am schlimmsten waren die Grausamkeiten, die sie ausübten.

Keine Frau, auch wenn sie noch so alt war, kein Mädchen, wenn es auch noch ein Kind von 8 Jahren war, die sie sahen, verschonten sie. Uns Mädels gelang es, mit unserer Cousine Brigitte und den Haustöchtern von Biermanns unbemerkt auf den Boden zu gelangen, wo wir uns direkt unter das Dach legten. So lagen wir den ganzen Tag und konnten uns nicht rühren; denn die Russen trieben es immer ärger. Aus dem Schloss und dem Dorf kamen immer mehr Menschen, die im Pfarrhaus Schutz suchten.

Furchtbare Angst hatten alle vor der Nacht. Einem hierher geflüchteten Pastor war es geglückt, dem russischen Kapitän, der sozusagen den Oberbefehl über das Haus hatte, das Versprechen abzuringen, uns über Nacht zu schützen. Doch nach ein paar Stunden wollte er seinen Lohn dafür haben, und zwar drei deutsche Frauen, und als sich keiner dazu hergeben wollte, wütete und tobte er wie seine Leute. Wir Mädel sind wunderbar bewahrt worden. Als wir oben beim Abendbrotessen waren - Gretel war dazu hinuntergekommen und die Gefäße standen mitten auf dem Boden - kam ein Russe hoch. Wie es kam, dass er weder Gretel, die schnell hinter einen Pfeiler getreten war, noch die Gefäße gesehen hat, ist uns unbegreiflich.

Die erste Nacht unter den Russen werden wir unser ganzes Leben lang nicht vergessen. Von der Straße hörten wir gellende Angstschreie, verzweifelte Hilferufe, dazwischen wüste Schießereien, und wir wussten nicht, wem sie galten, wussten nichts von unseren Lieben unten, dazu diese Angst: wenn uns nun ein Russe findet… So lagen wir, völlig abgeschnitten von der Umwelt, bis zum nächsten Vormittag. Als es ruhiger wurde, kam Cousin Gottfried hoch und rief uns hinunter: Schloss und Pfarrhaus müssten geräumt werden.

Die Rückkehr

So kam es, dass wir schon im Mai den Nachhauseweg antraten oder besser antreten mussten, weil wir nicht wussten, wo wir sonst hingehen sollten. Doch wie wir nach Hause kommen sollten, war uns völlig unklar, denn wir besaßen nicht einmal einen Kinderwagen für Cordelchen mehr. Da erfuhren wir wieder Gottes Hilfe. Einen russischen Offizier rührte das Weinen der Kinder, er gab uns einen Ochsenwagen mit zwei Ochsen vom Gut mit den Worten: „Arme Mutter, nimm zwei Ochsen und fahr nach Hause." Da auch die anderen Hausbewohner mit uns mitfahren wollten, starteten wir zu 56 Personen, nachdem wir noch auf der Straße Ängste ausstanden um zwei von uns, die jedoch auch bewahrt blieben.

Da keiner von uns je etwas mit Ochsen zu tun gehabt hatte, war es anfangs sehr schwierig, sie zum Gehen zu bewegen, einer musste sie leiten, der andere nebenher gehen mit einer Peitsche und sie anbrüllen. Die kleinen Kinder saßen oben auf den Gepäckhaufen, ab und zu rutschend und schreiend, wir Mädel gingen mit ins Gesicht gezogenen Kopftüchern gleich hinter dem Wagen, von Müttern umgeben, hinterher die Älteren, neben dem Wagen der alte Pastor Madurow im Talar; denn vor „Popen" hatten die Russen den meisten Respekt. Dieses Bild hat uns so oft an den Auszug der Kinder Israel aus Ägypten erinnert.

Den ersten Tag kamen wir bis **Tribsees**. Da die Stadt voll von Russen war, fuhren wir durch und hofften, irgendwo auf eine Scheune zum Übernachten zu stoßen. Doch wir fanden nichts, und es blieb uns nichts übrig, als die Nacht im Chausseegraben zuzubringen. Mit dem ersten Morgengrauen ging es dann weiter, bis wir abends völlig erschöpft in **Grimmen** ankamen. Hier fanden wir bei Superintendent Seils eine freundliche Unterkunft. Am nächsten Tag fand sich dort für uns eine Wohnung, wo sich eine 17-köpfige Familie das Leben genommen hatte, und wir entschlossen uns, dort noch abzuwarten; denn wir hatten bereits erfahren, wie unsicher es noch auf den Landstraßen war. Doch nach 14 Tagen hieß es plötzlich, alle Flüchtlinge hätten die Stadt zu verlassen, da keine Lebensmittel mehr da seien. So blieb uns nichts anderes übrig, als unseren Treck fortzusetzen. Dieses Mal hatten wir andere Begleiter, einen kriegsverletzten Pastor aus

Hinterpommern, eine Pastorenfamilie aus Stolp, eine ost-preußische Gemeindehelferin, zwei Bethanienschwestern und Familie Sprondel.

Es war am Freitag vor Pfingsten, als wir uns wieder auf den Weg machten, doch in anderer Stimmung, als wir vor 14 Tagen hineingekommen waren, jetzt drängten wir darauf, nach Hause zu kommen. Am Freitagabend erreichten wir **Loetzen**, am Sonnabend zogen wir abends unter Glockengeläut in **Jarmen** ein, wo wir den ersten Pfingsttag bei einem Ackerbürger verlebten. Schon früh mussten unsere Ochsen am zweiten Feiertag weiter-traben. Es war ein wunderschöner Maimorgen. Unver-gesslich wird uns der Gottesdienst bleiben, den wir kurz hinter der Stadt an einem Wäldchen begingen. So hatte uns Gottes Wort in keiner Kirche gepackt wie gerade hier.

Dann zogen wir weiter – in Richtung **Anklam**. Hier fanden wir alles viel zerstörter vor. Die meisten Men-schen waren vor dem Kampf aus ihren Dörfern geflohen und inzwischen war alles dort verwüstet und vernichtet. In den Bauernhäusern war kaum mehr ein Möbelstück, vieles war auf die Höfe hinausgeschleppt und verkam da, aufgeschlitzte Betten lagen in Mengen dort herum, und das trostloseste war, kein Tier auf den Höfen war mehr zu sehen, die Ställe, alles ausgestorben. Wenn kaum Deutsche in diesen Dörfern waren, so wimmelten sie doch von Russen, die uns jedoch nicht belästigten, was wir wohl auf den Respekt vor den beiden Schwestern schieben können. Die Nächte brachten wir in dieser Zeit immer in Scheunen zu, wir Mädchen ganz oben, die Leiter hinter uns eingezogen, die anderen unten beim Treckwagen.

Unser Weg führte uns auch durch **Ducherow**, wo wir im Bugenhagenstift Unterkunft fanden. Nach einem Tage Rast dort gingen wir so frohgemut weiter und ahnten nicht, dass wir nach einem halben Jahr schon dorthin zurückkehren würden, aber nicht als solche, die der Heimat entgegengingen, sondern als Menschen, die ihre Heimat neben ihrem ganzen Hab und Gut verloren hatten – für immer. Von Ducherow ging es nach **Ueckermünde**, durch dichte, kilometerlange, von Brandgeruch erfüllte Wälder. Es war merkwürdig, die Leute warnten uns vor Banden, die die Trecks vor uns beraubt hatten und von denen auch der eine halbe Stunde nach uns kommende Treck völlig ausgeraubt worden war, doch wir blieben verschont. In Ueckermünde wurden wir gewarnt, schon jetzt über die Oder zu gehen. Doch unser Drang nach Hause war so groß, dass wir auf jeden Fall weiterwollten. Und wo hätten wir auch bleiben sollen? Je näher wir der Oder kamen, desto unsicherer wurde die Gegend, desto mehr Polentrecks sah man und wir ahnten schon leise etwas davon, wie es wohl östlich der Oder aussehen würde.

Die letzte Station vor der Oder war **Pölitz**, wo wir zwei Tage und zwei Nächte auf einem engen, von unter Wasser stehenden, mit Minen gespickten Wiesen umgebenen Weg standen und warteten. Es war ein qualvolles Warten: vor uns etwa 50 Wagen, die alle hinüberwollten, wir konnten uns der Minengefahr wegen nicht rühren, die beiden Kleinen begannen zu kränkeln, dazu diese Unsicherheit. Als wir unseren Wagen auf der Fähre hatten und dem anderen Ufer entgegensahen, war es uns klar, jetzt gab es kein Zurück mehr, die Oder war die Scheide zwischen Deutschland und einem Gebiet, von dem die wildesten Gerüchte umherschwirrten, von dem aber keiner drüben etwas Sicheres sagen konnte.

Sofort hatten wir die Bestätigung, dass diese Gerüchte nicht ganz unberechtigt waren; denn es bot sich uns ein trauriges Bild: Die Straßengräben waren zum Teil von Schützengräben durchzogen, viele Straßen zerstört, auf den Feldern statt frischer Saat riesige unbebaute Flächen, auf denen das Unkraut wucherte, die Häuser zum größten Teil zerstört, ausgeplündert, wenn nicht Polen darinsaßen. Das Schlimmste war, dass wir in manchen Dörfern keinen einzigen Deutschen fanden, es war alles wie ausgestorben. Doch war es auch eine gnädige Fügung Gottes, dass wir bis Stargard hin zum Abend immer einen Deutschen fanden, bei dem wir die Nacht verbringen konnten.

Die erste Stadt, an der wir vorbeikamen, war **Gollnow**, eine völlig polnische Stadt mit polnischem Namen, polnischen Bewohnern und einem polnischen Bürgermeister, die über die wenigen Deutschen als Herren wachten. Wir wurden angehalten und sollten einen Tag Aufräumarbeit leisten, ehe wir weiterfahren durften. Dann nahm man uns die Ochsen, um Fleisch für die Stadt zu haben und ließ seine Wut an uns Deutschen aus. Hinzu kam, dass Butz *(der jüngste Bruder)* an Ruhr schwerkrank lag und so geschwächt war, dass er nicht einen Schritt allein gehen konnte. Doch am Nachmittag gab man uns für die Ochsen ein mageres altes Pferd, und wir konnten weiterziehen. Weil die Deichsel für zwei Tiere eingerichtet war, musste einer das zweite spielen und neben dem Pferd hergehen.

Kaum waren wir wenige Kilometer von der Stadt entfernt, begegnete uns ein völlig betrunkener Russe auf einem Pferd. Nachdem er uns schon auf der Straße bald vorwärts, bald rückwärts getrieben hatte, jagte er uns endlich auf einen Feldweg, trieb unser Pferd zu immer größerer Eile an, bis wir ganz versteckt, von der Straße nicht zu sehen, an eine Scheune kamen und nun wussten, was uns bevorstand. Jeder von uns wurde von Kopf bis Fuß nach Wertsachen untersucht. Dazu gesellte sich ein zweiter, ebenso schlimmer Kerl und nahm die letzten Uhren, Füller und Schmuckstücke. Und dann wurde die Leiter zum Heuboden aufgestellt. O, wie haben wir Gott angefleht, geschrien in Angst und Verzweiflung, als wir so ohnmächtig dastanden und menschliche Hilfe nicht mehr war. Und Gott half, half über unser Verstehen und Begreifen. Plötzlich sprangen die Russen auf ihre Pferde, ließen uns stehen und galoppierten davon. Was sie dazu bewegt hat, haben wir nie ergründen können.

Die schlimmste Ausplünderung erlebten wir am nächsten Vormittag, wo ein Russe uns unter dem Vorwand, die Chaussee sei nicht befahrbar, auf einen Feldweg lockte, der schließlich wieder in die Chaussee mündete. Wir ahnten nichts Böses, griffen tüchtig in die Räder, da das Pferd den schweren Wagen im Sande nicht allein ziehen konnte. Da kommen wir an ein verlassenes Gehöft. Wo der Weg um die Ecke biegt, sodass wir von der Straße nicht mehr zu sehen sind, und – heraus stürzt eine Schar Polen, Gesindel kann man es nur nennen. Sofort wird unser Wagen von vorn bis hinten durchstöbert, über die Kranken hinweg, den Inhalt der Koffer und Rucksäcke auf die Erde geschüttet, das beste davon ausgesucht und genommen, ja, nachher nicht einmal mehr ausgesucht, sondern wahllos die Gepäckstücke gegriffen und ins Haus geschleppt. Wollte man sich dagegen wehren, wie es Mutter und Tante Annemie versuchten, so wurde man von einem blutjungen Kerl mit einem Knüppel durchgeprügelt. Als sie endlich genug hatten, ließen sie uns weiterziehen, was jetzt umso schneller ging, da der Wagen um vieles leichter geworden war.

Nachdem wir kurz vor Stargard auch unser Pferd losgeworden waren, es dann aber durch einen Russen wiederbekommen hatten, erreichten wir abends **Stargard** und betraten es voller Hoffnungen und Erwartungen; denn Sprondels Haus *(das Pfarrhaus)* hatte bis zuletzt gestanden, sodass wir hoffen konnten, uns hier nach den Strapazen etwas auszuruhen. Wir sahen zwar, wie zerstört Stargard war, sahen die Polen in den wenigen heilen Häusern sitzen, aber umso fester hofften wir. Wie wurden wir froh, als wir den Turm der Heilig-Geist-Kirche sahen, doch als wir näherkamen, hörten wir Orgelmusik. Der fassungslose Gottfried ging hinein und berichtete: Katholische Messe. Dann sahen wir das Pfarrhaus abgebrannt bis auf den Grund. Es war noch warm vom Brand. Wo sollten wir jetzt hin? Da es schon spät war, fuhren wir den Wagen auf den Hof, wo noch Reste von Möbeln standen und wir zu unserer großen Freude Opas alte geliebte Familienbibel fanden. Zur Nacht machten sich Sprondels in ihrem Keller eine Ecke zum Schlafen zurecht, wo die Bettfedern so dick wie Schnee auf dem Boden lagen, wir übrigen nächtigten in der kleinen Autogarage.

Da wir erfahren hatten, dass von Stargard ab die Bahn ging, besorgten wir uns gleich am nächsten Tag eine Bescheinigung darüber, um so schnell wie möglich von hier fortzukommen; denn dauernd kamen Polen auf den Hof, die uns etwas nahmen und uns bedrohten.

Sprondels hatten eigentlich vor, sich mit den Resten ihrer Möbel Großvaters Wohnung einzurichten, doch war es nicht möglich, da die „Deutschen alle ins Ghetto gehörten", so dass auch sie mit uns fahren wollten. Dort wurde uns sofort Pferd und Wagen abgenommen, wir setzten uns mit unserem Gepäck zu den vielen anderen Deutschen vor den Bahnhof.

Gegen Mittag traf ein Zug ein, es hieß, er ginge nach Belgard. Wir schleppten unser Gepäck auf den Bahnsteig, stiegen ein, und als wir in einem Viehwagen Platz gefunden hatten, wurde uns gesagt, er ginge nicht nach Belgard sondern nach Schneidemühl. Nachdem wir uns an mehreren Stellen erkundigt hatten, stiegen wir aus, zu unserem Unglück; denn wir erfuhren später, dass der Zug doch nach Belgard gegangen ist. Sofort wurden alle Deutschen weitab vom Bahnsteig auf die Straße getrieben und nun gingen Russen und Polen umher und suchten sich Leute zur Arbeit aus, unter denen einige von uns waren. Dazu kam gegen Abend ein furchtbarer Wolkenbruch, der uns und unsere letzten Sachen bis auf den Grund durchnässte, und eine ziemlich kühle Nacht.

Am nächsten Tag, einem Sonntag, erhielten wir von einem Polen den Bescheid, dass frühestens in einem Monat der nächste Zug ginge. Wir überlegten schon, ob wir zu Fuß weitergehen sollten, da hieß es dann mittags plötzlich: „Deutsche einsteigen nach Belgard". Wir ergatterten einen Platz in einem Viehwagen und kamen wirklich noch am Abend in **Belgard** an, wo wir die Nacht auf dem Bahnsteig verbrachten.

Am nächsten Morgen fanden wir schon den ersten Gruß aus der Heimat: ein paar Rügenwalder tauchten dort auf. Nach vielem Hin und Her, als wir vom Arbeiten zurück waren, lief ein offener Lorenzug ein, der nach „Slupsk" (*Stolp*) gehen sollte. Doch nachdem wir in der Gegend hin- und her rangiert hatten, erfuhren wir, dass der Zug in eine ganz andere Richtung fahren sollte, und mussten wieder absteigen. Am Spätnachmittag lief nach einem neuen Regenguss endlich ein vollgeladener Kohlenzug ein, der nun wirklich nach Stolp gehen sollte. Um dorthin zu kommen, mussten wir mit kleinen Kindern, Kinderwagen und Gepäck unter einem Zug mit Dampflokomotive hindurch. Doch wir fanden auf den Kohlen alle Platz und waren so dankbar, nun wirklich auf dem Wege nach Hause zu sein, doch wurde auch die bange Frage immer lauter: Lebt unser Vater noch oder ist er nicht mehr?

Nach einem ärgerlichen Zwischenfall mit einem Russen fuhren wir mit Anbruch der Dunkelheit aus Belgard. Nie kam uns unser hinterpommersches Land, unsere Städte so seltsam vor, so bekannt und doch so verändert; denn die Kriegseinwirkungen hatten vielem ein neues Gesicht gegeben. Unterwegs stiegen mehrere Polen auf unseren

Wagen, die Spottlieder auf uns in die Nacht hinaus-
schrien, und als wir in **Schlawe** ausstiegen oder besser
gesagt absprangen, war es sehr schwierig, unsere Sachen
alle hinuntergeworfen zu bekommen, zumal wir nicht
wussten, wie lange der Zug hielt. Doch ging alles gut.
Über Nacht blieben wir wieder auf dem Bahnsteig.

Mutter, die in der Nacht kein Auge zugetan hatte, ging
mit dem ersten Morgendämmern aus auf Karrensuche,
um die schweren Sachen darauf zu laden. Sobald es
heller war, machte sie sich mit Tante Annemie auf, um
sich bei Superintendent Block über Vater zu erkundigen.
Jubelnd kamen sie zurück; denn unser Vater lebte, das
Gerücht hatte sich als falsch erwiesen, vor kurzem hatte
er in Schlawe zu tun gehabt. Auch Großvater ging es gut.
Nun hielt uns nichts mehr in Schlawe. Als wir die
schweren Sachen zu Blocks gebracht hatten, bildeten wir
zwei Gruppen, eine führte Mutter, die andere Tante
Annemie, und wir, die erste Gruppe, machten uns mit
den Kleinen und einem Teil des Gepäcks sofort auf den
Heimweg. Dadurch dass uns ein russisches Auto bis
Karwitz mitnahm, konnten wir hoffen, noch am Abend
in Rügenwalde zu sein.

Doch der schwerkranke Butz machte uns einen Strich
durch die Rechnung, in **Schlawin** mussten wir Station
machen und kamen nicht weiter, so dass wir beschlossen,
ich solle mit den Kleinen in Schlawin übernachten und

nur Mutter mit Gretel und Cordula liefen barfuß, nur mit dem nötigsten Gepäck, weiter. Plötzlich kam ihnen ein kleines Gefährt entgegen, beruhigt stellten sie fest, es sei kein Russenwagen, dann – erkennen sie Vater, der von unserem Kommen gehört hatte und uns suchte. Natürlich wurden auch wir gleich abgeholt.

Der Jubel und die Freude waren unbeschreiblich, mit der wir in Rügenwalde einzogen, mit der wir unsere Kirche, unser Haus, unsere Heimat begrüßten, alle so vertrauten Räume wiederfanden. Wir konnten es noch gar nicht fassen, dass wir wirklich heimgekehrt, zu Hause sein sollten und aus überglücklichen und übervollen Herzen stieg das Lied „Nun danket alle Gott" empor. Wir hatten es wirklich erfahren, dass er „große Dinge tut" und wenn auch die nächsten Tage, an denen die übrigen heimkamen, zeigten, dass die Zukunft auch dort nicht sehr rosig aussah, wir überließen unser Schicksal weiter Gott und haben seine wunderbare Führung und Durchhilfe auch weiter erfahren.

Hier endet der Bericht von Dörte, Gretel übernimmt den zweiten Teil.

Das Leben unter polnischer Herrschaft

Das war ein Nachhause-Kommen am 5. Juni! Wir fuhren auf einem kleinen Wagen, mit dem uns Vater abgeholt hatte, von Domshagen bis nach Rügenwalde. Drei Monate hatten wir unsere schöne Heimat nicht gesehen, und jetzt fuhren wir mit Vater, den wir ebenso lange nicht gesehen hatten, nach Hause. Es kam uns alles so unwirklich, so traumhaft vor. Dann sahen wir unseren Kirchturm. Was uns unsere Marienkirche schon immer bedeutet hat, kann niemand ermessen. Wir fuhren in die Stadt ein. Die Straßen und Häuser sahen genauso aus wie früher, und doch kam es uns anders vor, fremder. Schon unterwegs trafen wir Bekannte, die wir freudig begrüßten. Endlich hielt der Wagen vor unserem Haus.

Der Garten war in einen Schutthaufen verwandelt, auf dem alles Gerümpel aus der Nachbarschaft zusammengetragen war. Im Hause war eines verändert – die Russen hatten Möbel herausgeschleppt und auch im Hause gewohnt – aber im Großen und Ganzen war es noch wie früher. Jedes Zimmer besichtigten wir und konnten es gar nicht glauben, dass wir wirklich zu Hause sein sollten. Frau Bäcker Müller, die inzwischen mit ihrem Mann in unser Wohnzimmer gezogen war, hatte schon alles für unsere Ankunft vorbereitet: Abendbrot stand auf dem Tisch, die Betten waren bezogen. Wie waren wir glücklich, nach diesem wochenlangen Ungewissen auf der Landstraße wieder in unser Bett sinken zu können!

Wir genossen das Zuhause-Sein in den ersten Tagen sehr und erholten uns von den Strapazen des Trecks.

Dann suchten wir unsere Rügenwalder Bekannten auf und erfuhren viel Trauriges: Viele waren vor den Russen geflüchtet, viele waren von den Russen umgebracht, viele hatten aus Not und Verzweiflung selber ihrem Leben ein Ende gemacht. Fast alle Männer und viele Frauen und Mädchen, darunter auch unser 15-jähriges Pflichtjahres-mädchen, waren von den Russen bis Graudenz ver-schleppt, und der größte Teil schleppte sich krank und verhungert, nur noch zum Sterben nach Hause. Die ganze Stadt war von Typhus und Ruhr verseucht. Zeit-weise konnten die Menschen nur in Massengräbern be-erdigt werden. Angst und Not, Tod und Grauen herr-schten in unserem Rügenwalde. Das waren die Verhält-nisse, in die wir kamen.

Die Lebensbedingungen waren zweifellos schwer. Die Russen gaben als einzige Zuteilung 200 Gramm Brot am Tage aus. Das Vieh war größtenteils weggeschleppt, die Vorräte aufgebraucht. Aber trotzdem haben wir nie Not gelitten, Gott hat uns immer wieder Hilfe geschickt. Wir kamen uns vor wie Elias, der durch die Raben versorgt wurde, und es wurde bei uns sprichwörtlich: es hat „gerabt". Wir haben sehr viel Liebe in der Gemeinde erfahren. Die Rügenwalder waren so dankbar, dass ihr Pastor sie nicht verlassen, sondern Freude und Leid mit ihnen geteilt hatte. Alle wussten, dass wir wenig zu essen hatten – wir waren ja immerhin eine sehr große Familie, da Sprondels auch bei uns wohnten und Großvater auch später aus Soltikow zurückkehrte – und jeder, der etwas übrighatte, brachte es uns.

Es war überhaupt ein herrliches Zusammenhalten in der Gemeinde. Die alten Leute wurden mit Lebensmitteln versorgt, die Deutschen, deren Wohnungen beschlagnahmt wurden, fanden überall freundliche Aufnahme. So ein Zusammenhalten und so eine Gemeinschaft waren aber auch nur möglich, weil wirklich alles davon abhing, zusammenzuhalten. Mögen die Monate der Russen- und Polenherrschaft noch so schwer gewesen sein, durch das gemeinsam alles Ertragen wurde es uns auch leichter.

Als wir ein paar Tage zu Hause waren, trat eine große Schwierigkeit an uns heran: Brigitte und Gottfried Sprondel und Dörte, Christine und ich mussten uns nach einer Arbeitsstelle umsehen. Gottfried kam auf einer Kolchose als landwirtschaftlicher Arbeiter unter, wir anderen wurden Gelegenheitsarbeiter. Morgens mussten wir am Rathaus antreten und wurden dann in Russenwohnungen zum Saubermachen geschickt, was meist nicht sehr angenehm war. Nach einiger Zeit konnte Vater es durchsetzen, dass wir eine andere Arbeitsstelle bekamen: wir kamen zur „Dreschetruppe", die aber bald aufgelöst wurde.

Zum Schluss mussten wir auf einem früheren deutschen Gut, das jetzt russische Kolchose geworden war, unter russischer Kontrolle im Heu und in der Roggenernte arbeiten. Das war eine schwere Zeit für uns, die Arbeit war uns gänzlich ungewohnt, und die Russen- und Polenmädchen trieben uns in roher Weise zur Arbeit an. Nach mehreren missglückten Versuchen gelang es Vater doch endlich, uns dort freizumachen und woanders unterzubringen. Brigitte, Dörte und Christine wurden im Krankenhaus angenommen, wo es ihnen sehr gut gefiel und wo sie viel lernen konnten. Leider wurde das Krankenhaus nachher polnisch, so dass sie unter einem polnischen Arzt und einer polnischen Oberschwester arbeiten mussten.

Ich wurde von Vater als „Organistin und Kirchenbuchführerin" angestellt. Am Tage konnte ich zu Hause helfen und machte abends die wenigen Eintragungen. Sonntags spielte ich in der Gertrudkirche zum Gottesdienst, was mir viel Freude gemacht hat. Die Gottesdienste in dieser Zeit waren überhaupt etwas Wunderschönes! Schon die entzückende Lage der Gertrudkirche: Man sah sie auf einem kleinen Hügel auf dem Friedhof stehen, ein kleiner, nicht sehr hoher Rundbau, von Gräbern voller leuchtender Blumen umgeben. Es war wunderschön, wenn sonntags die ganze Gemeinde über den sonnigen, von Blumen leuchtenden Friedhof zur Kirche ging. Am Sonntag versammelte sich die ganze

Gemeinde in der Kirche, selbst die, die sich früher nie dort hatten sehen lassen, kamen jetzt und brachten alle ihre Sorgen, alle Qualen, alles Leid vor ihren Herrn, und getröstet und gestärkt und voll innerer Zuversicht ging jeder seines Weges. Die Gottesdienste wurden allen zu wirklichen Erlebnissen, die wohl niemand vergessen wird. Immer wieder trat Gott uns so nahe, und wir spürten deutlich seine Nähe und seinen Schutz.

Auch in Damshagen und Schlawin musste Vater die Gottesdienste halten, da die beiden Dörfer keinen Pastor hatten. Da musste ich oft mit hinaus. Diese sonntäglichen Gänge waren etwas Wunderschönes. Wenn wir an den weiten Feldern und den grünen Wiesen, den blühenden Gärten und den schönen Wäldern vorbeigingen, fiel alle Last von uns ab, und wir wurden aller Sorge und Not frei. Wie war doch unsere Heimat schön! An die Ostsee konnten wir leider nur ein einziges Mal, es war wohl das letzte Mal für lange, lange Zeit.

Bis zum Juni war unsere gute Zeit in Rügenwalde. Bis dahin hatten wir nur die Russen da. Im Juni setzte schlagartig die Einwanderung der Polen ein. Ein polnischer Professor, der während des Krieges Gartenarbeiter in Rügenwalde gewesen war, wurde zum Bürgermeister von „Darlowo" ernannt, wie sie unsere Heimatstadt nun nannten. Für uns im Pfarrhaus bedeutete die polnische Herrschaft eine besondere Verschlechterung; denn die

Polen hatten keine Achtung vor deutschen Geistlichen, während sich die Russen Pfarrern gegenüber sehr anständig benahmen.

Vater hatte einmal ein nettes kleines Erlebnis mit einem Russen: Als er im Talar von einer Beerdigung kommend über die Straße geht, tritt ein Russe auf ihn zu, küsst ihm die Hand und sagt: „Spiritus!" Vater beteuert immer wieder: „Pope, nix spiritus", doch er bleibt dabei und wird schließlich ganz traurig. Da kommt Vater die Erleuchtung. Er legt dem Russen die Hand auf und sagt einen mit „Spiritus sanctus" beginnenden Segensspruch. Da ist der Russe befriedigt, küsst ihm die Hand und zeigt deutlich seine Freude. Auch russische Beerdigungen und Taufen hat Vater halten müssen, und die Russen haben sich dafür sehr erkenntlich gezeigt. Aber als die Polen die Verwaltung und die Herrschaft übernahmen, wurde das anders. Die Polen scheuten nicht einmal davor zurück, Vater und noch mehrere angesehene ältere Männer eines Nachts abzuholen und festzusetzen, weil sie sich angeblich von diesen wenigen unbewaffneten Männern bedroht fühlten.

Allmählich wurde die ganze Stadt polonisiert. Die Geschäfte wurden von Polen übernommen, fast jedes größere hübsche Haus wurde für Polen beschlagnahmt, so dass die Stadt bald ein polnisches Aussehen durch die polnischen Aufschriften und vor allem die rotweißen

Fahnen erhielt. Auch ein polnischer Priester kam nach Rügenwalde, ein sehr junger, abscheulicher Kerl, der öfter als einmal betrunken gesehen wurde und der ein furchtbarer Deutschenhasser war. Als erstes ließ er die Marienkirche, die bis dahin den Russen als Möbelmagazin gedient hatte, freimachen und zur polnischen Kirche herrichten. Über dem Altar hing der große Polenadler. Es schnitt uns jedes Mal ins Herz, wenn wir die Polen sonntags in unsere schöne Marienkirche gehen sahen.

Im Allgemeinen gingen die Polen ziemlich regelmäßig zur Kirche. Das hinderte sie aber in keiner Weise, gegen alles Deutsche roh und brutal vorzugehen. Eine polnische Schule gab es in Rügenwalde auch. Die alte Stadtschule war hierfür eingerichtet worden. Schon in den polnischen Kindern wurde der Hass gegen alles Deutsche erweckt und wir erlebten recht üble und unerfreuliche Szenen sowohl mit den Polenkindern als auch mit ihren Lehrern.

Noch mehr als wir in der Stadt hatten die Bauern auf dem Lande unter den Polen zu leiden. Vor den Russen waren sie nicht geflüchtet, weil sie so fest an ihrem Grund und Boden hingen und ihre Heimat so liebten. Jetzt wurde ihnen alles von den Polen genommen, und sie durften nur noch als Knechte auf ihren eigenen Höfen arbeiten. Die Höfe, die noch deutsche Besitzer hatten, wurden nachts von Milizsoldaten überfallen und ganz ausgeplündert. Wir Deutschen lebten unter der polnischen Herrschaft ein Leben voll Unsicherheit und Not, Sorge und Gefahr und mit der Zeit wurde es immer schlimmer. Je sicherer sich die Polen fühlten, desto mehr unterdrückten sie alles Deutsche.

Am 7. Oktober, also nur 14 Tage vor der Ausweisung, erlebten wir noch eine große Freude: Vater konnte die Konfirmanden, darunter auch Bärben und Chrine *(jüngere Schwestern von Dörte und Gretel)*, noch in der Gertrudkirche einsegnen. Das war ein Erlebnis, das wohl keiner vergessen wird, in so schwerer Zeit und gerade darum auch so schön. Damals ahnten wir zum Glück noch nicht, was uns bevorstand, und so konnten wir den Tag recht festlich begehen. Wie waren wir dankbar, dass wir die Einsegnung noch zu Hause feiern durften!

Ausweisung und Suchen nach einer neuen Heimat
Wir haben nie daran gedacht, die Gemeinde zu verlassen und aus unserer Heimat fortzugehen. Vater konnte ja nicht weg, weil sehr wenige Pastoren in der Gegend waren, und wir wollten uns nicht noch einmal von ihm trennen. Wir hatten uns auch schon etwas für den Winter eingerichtet: wir hatten Kartoffeln gesammelt, Gemüse eingemacht, von unseren Hühnern Eier eingelegt, Zuckerrüben angebaut und geerntet und auch schon

etwas Holz herangeschleppt. Gerade im Oktober fühlten wir uns so sicher. Wir hörten ja nur Gerüchte. Gänzlich abgeschnitten von der übrigen Welt lebten wir, ohne irgendetwas über das Weltgeschehen zu wissen. Alle klammerten sich an die Hoffnung, Pommern bliebe deutsch, und keiner glaubte recht an eine Nachricht, die etwas andere besagte.

Am 16. Oktober kam abends ein polnischer Lehrer, der bei unserer Küstersfrau wohnte, zu uns, um Sprondels zu warnen, da in dieser Nacht die Ausweisung der nach 1939 Zugezogenen beginnen sollte. Er riet Tante Annemie, ihre wichtigsten Sachen bei ihm unterzustellen, damit sie vor dem Plündern sicher wären, und nur bis Köslin mitzufahren und zu Fuß wieder zurückzukommen. Um halb zwölf sollte die Ausweisung beginnen. Wir konnten durchs Fenster beobachten, welch reges Leben im Rathaus und im Milizgebäude herrschte. Die Soldaten mussten sich erst noch Mut antrinken, damit sie recht roh und grausam gegen die wehrlosen Deutschen vorgehen konnten.

Um halb zwölf traten die Soldaten auf dem Marktplatz an – wir beobachteten dies alles zitternd durchs Fenster – und dann wurden sie losgeschickt. Wir hörten das Jammern und Flehen der Frauen und Kinder in der Nachbarschaft und dachten uns immer: „Jetzt müssen sie gleich zu uns kommen." Dieses Warten darauf war qualvoller als alles andere. Dann hörten wir auch schon, wie sie bei uns die Tür einschlugen und ins Haus stürmten, der Kommandant der Miliz voran. Als erstes fragte er Vater, der gerade von seinem Krankenlager aufgestanden war, nach Kirchenschätzen. Vater versuchte noch, sie zu retten, aber es half ja nichts, wenn wir doch wegmussten, fanden die Polen sie ja doch. Gottfried musste den kostbaren Abendmahlskelch und die Taufschale zum Rathaus bringen.

Dann hieß es, in fünf Minuten das Haus räumen. Frau Schulz, die nach Müllers Umzug mit ihrer Tochter und Schwester Ida unser Wohnzimmer bewohnte, musste auch weg. Ehe wir uns anziehen konnten, waren sie an unseren Schränken und räumten sie aus. Die Kleinen lagen in ihren Betten und schiefen ganz fest, sodass wir Mühe hatten, sie zu wecken und anzuziehen. An Packen konnten wir erst ganz zuletzt denken. Wir wollten auch gar nicht viel einpacken; denn wir hatten den Eindruck, als wenn sie uns gleich alle erschießen würden. Dass wir lebend nach „Deutschland" gebracht werden könnten, kam uns gar nicht in den Sinn.

Die Polen trieben uns immer mehr zur Eile an, und schließlich war es so weit, wir mussten unser liebes Pfarrhaus nun schon zum zweiten Male verlassen und diesmal ohne jegliche Hoffnung auf Rückkehr. Wir Deutschen wurden alle auf dem Marktplatz zusammengetrieben, wo wir bei strömendem Regen auf den Anbruch des Tages warten mussten. Größtenteils waren es Frauen mit kleinen Kindern und alte Leute, die hinausgeschafft wurden. Noch im Morgengrauen wurden wir zum Bahnhof getrieben, wo wir in Viehwagen geladen wurden und abtransportiert wurden. Großvater, dem dies alles mit seinen 83 Jahren zu viel wurde, konnte sich kaum aufrecht halten, und wir hatten Mühe, ihn bis zum Bahnhof zu schleppen.

Noch am Morgen setzte sich der Zug in Bewegung. Bis **Belgard** kamen wir gut und ungeplündert; aber auf dem Belgarder Bahnhof zogen die Polen Vater zwei Anzüge aus, die er sich noch übergezogen hatte. Am Abend kamen wir in Scheune an, wo wir Deutschen alle auf einem Bahnhof zusammengetrieben wurden und dort den nächsten Morgen abwarten sollten. Das war die schrecklichste Nacht unseres Lebens. In einer so rohen und brutalen Art hatten wir die Russen noch nicht kennengelernt, wenn wir auch schon genug mit ihnen erlebt hatten. Diesen Menschen, denen alles genommen war, woran sie hingen und die eine öde, trostlose Zukunft vor sich sahen, diesen Menschen wurde das Letzte genommen. Die Männer wurden ausgezogen, mussten ihre Kleider und Schuhe hergeben, und wer Widerstand zu leisten versuchte, wurde einfach niedergeknallt. Verzweiflungsschreie, die aber nur mit Lachen und Drohen beantwortet wurden, hallten durch die Nacht.

Als der Morgen graute, ließ die Räuberei etwas nach und beim Hellwerden hörte sie ziemlich auf. Wie dankten wir Gott, als diese fürchterliche Nacht endlich zu Ende war! Viele von den alten Leuten haben diese Nacht nicht überstanden und sind dort tot liegen geblieben. Großvater war auch sehr erschöpft. Die Polen hatten ihn geschlagen, als er seinen Wintermantel ausziehen musste, und er blutete im Gesicht. Am Morgen mussten wir ihn und die Kleinen ein weiteres Ende über die Schienen zum Angermünder Zug schleppen. Dieser war so voll, dass wir uns nur auf die Trittbretter setzen konnten. Vater kam mit Großvater nirgends hinein. Da erbarmte sich schließlich ein Russe und bot ihnen Platz im Russenabteil an. So kamen wir bis Angermünde. Kurz vorher fiel Gertrud, Tante Annemies Mädchen, vom fahrenden Zug und verletzte sich so stark, dass sie über ein Vierteljahr im Angermünder Krankenhaus lag.

In **Angermünde** wurden wir sehr nett von Propst Bormann aufgenommen und auch bewirtet. Großvater, der einfach nicht mehr weiterkonnte, konnte in einem Heim in Kloster Chorin bleiben. Als wir gar nicht wussten, wo wir hingehen sollten, wurde auch wieder Rat: Wir durften im Pfarrhause bei Meinhoffs unterkriechen, bis wir ein anderes Zimmerchen bekamen und wurden dort sogar mitbeköstigt. Nach einiger Zeit siedelten wir zu der Kaufmannsfamilie Schröder über, die sehr nett zu uns war. Aber nun wurde die Lebensmittelfrage sehr schwierig. Wir mussten uns von den Bauern Kartoffeln zusammenbetteln.

Von Rügenwalde her waren wir gewöhnt, dass jeder dem anderen Verständnis entgegenbrachte und einer dem anderen half, wo er nur konnte. Hier fanden wir gerade das Gegenteil. Verständnislos stand man uns gegenüber. Keiner wusste, was es heißt, in der Nacht aus der Heimat vertrieben zu werden, heimatlos, rechtlos zu sein. Oft wies man uns die Tür. Durch dies alles wurden wir allmählich zermürbt. Wir glaubten nicht mehr, dass wir jemals wieder zu einer Heimat kommen könnten, wo wir richtig hingehörten. Dazu kam noch die Sorge um Vater, der unerwartet lange in Berlin blieb. Wir waren manchmal recht verzagt.

Aber dann fügte es sich wieder so wunderbar, dass wir neue Kraft und neuen Mut bekamen: Vater kam aus Berlin zurück, um uns alle zu holen. Er hatte in Lichterfelde an der Pauluskirche eine neue Pfarrstelle gefunden, und wir konnten in die Wohnung seines Vorgängers Petersen ziehen, der sich pensionieren lassen wollte. So fuhren wir denn voller Zuversicht los und kamen abends spät in Berlin an. Am nächsten Morgen fuhren wir zu Tante Meta und Onkel Paul, die uns so liebevoll aufnahmen und alles, was sie hatten, noch mit uns teilten. Eine Woche fast wohnten wir bei Tante Meta und bekamen keine Einweisung. Früh bis spät war Vater unterwegs, endlich glückte es ihm wirklich, und wir konnten übersiedeln in unser neues Heim. Die erste Zeit lebten wir mit Petersens zusammen, die dann aber bald wegzogen. So haben wir durch Gottes Fügung nun neue Heimat gefunden, in der wir uns jetzt schon recht wohl und fast wie zu Hause fühlen.

Verlobung

Gerhard hatte Dörte als 16-jährige Orgelschülerin seiner Schwester Ursel bei einem kurzen Besuch in Rügenwalde kennengelernt. Danach hatten sie sich öfter geschrieben, Gerhard geriet als Soldat kurze Zeit in amerikanische Kriegsgefangenschaft und kehrte dann über Thüringen im April 1946 nach Berlin zurück. Mit Entlausungsbescheinigung meldete er sich im Quarantänelager Lichtenberg und erhielt die Erlaubnis, bei seinen Eltern in Biesdorf, am Stadtrand von Berlin, zu wohnen. Gerhard hatte vor dem Krieg eine Ausbildung als Schriftsetzer gemacht und auf der Abendschule sein Abitur nachgeholt. Er sucht im zerstörten Berlin Arbeit in einem Verlag.

Dörtes Familie hat sich nach ihrer Flucht aus Pommern in Berlin notdürftig einrichten können. Dörte und ihre Geschwister gehen in Lichterfelde zur Schule. Um ein klein wenig mehr Lebensmittelzuteilung für die Kinder zu bekommen, arbeitet die Mutter für einen Schuster, stellt Pantoffeln her und bekommt dafür die Arbeiterlebensmittelkarte. Sie hat ein großes Organisationstalent, kocht, wäscht, näht, schneidert unermüdlich von früh bis spät und versorgt die kleine Cordel und ihren Bruder Butz. Ihre großen Töchter müssen natürlich sehr viel mithelfen. In der Pfarrwohnung hatte der Vorgänger Möbel stehen lassen, so hatte die Flüchtlingsfamilie zumindest einige Tische, Betten, Stühle, Schränke. Das noch Fehlende wurde nach und nach beschafft.

12.5.46 Gerhard

Geburtstag von Dörtes Mutter. Dörte und ich verloben uns. Ihre Mutter und ihr Vater waren einverstanden, ich werde mit „Du" in der Familie aufgenommen.

25.5.46 Gerhard

Mittagessen in Lichterfelde. Löll (Cordel) futtert nur noch mit Märchen. Aber Schneewittchen zieht nicht mehr, Hänsel und Gretel auch nicht. Nun muss was Neues her, ich helfe. Das Märchen von Cordel und Michael, das hilft.
Nachmittags Spaziergang mit Dörte am Kanal. Wir liegen im Gras. Über uns der Himmel. Die Sonne sinkt uns weg, die Herzen so leicht und fröhlich. Die leise Liebe Dörtes. Mein Herz ist wie mit Rosen geschmückt. Wind geht über den Wasserspiegel, eine Schwalbe stößt an die Oberfläche. Ich wende mich Dörte zu: Liebe Braut!

28.5.46 Gerhard

Am 31.5. kann ich im Druckhaus Tempelhof anfangen, muss aber erst einige Wochen Aufräumungsarbeiten mitmachen. Steine karren, Kohle schippen. Ich bin dazu bereit.

30.5.46 Dörte

Himmelfahrt. Was für ein köstliches Geschenk ist die Liebe! Gerhard und mir ist sie geschenkt worden. Wie ist das Du, das das Ich ganz ausschaltet, dies Leben für den anderen so schön. Möge uns die Liebe unser Leben hindurch geschenkt sein, dass wir den rechten Weg finden.

31.5.46 Dörte

Gerhard, meine Gedanken waren bei dir. Wie magst du den ersten Tag bei einer Arbeit bestanden haben?

4.6.46 Dörte

Wie bin ich doch so überfroh – aber auch beschämt und bange. Ich darf von der Schule abgehen, darf mich zur Aufnahme melden in der Spandauer Kirchenmusik-schule. Wie wir das Geld aufbringen sollen, ist zwar noch nicht klar. Doch Gerhard will und wird mir helfen. Dann wird mein Lebenswunsch Erfüllung, an der Seite Ger-hards leben und in der Gemeinde als Organistin Dienst tun.

5.6.46 Dörte

Hier im Hause bin ich in einem seltsamen Zwiespalt. Halb Frau als Verlobte und halb noch Mädchen. In der Schule bin ich Schulmädchen, das seine Schularbeiten macht. Mit den Geschwistern gehöre ich zu den Kindern der Familie. Auf der anderen Seite, in Biesdorf bei Ger-hard, bin ich, was ich eigentlich wirklich bin, Braut, also Frau, Erwachsene. Manchmal ist es doch sehr schwer, von dort wieder in jenes andere zurückzufinden.

Wenn ich von der Schule abgehe, hoffe ich, aus diesem Zwiespalt herauszukommen, selbständiger zu werden und meine entsetzliche Scheu und Schüchternheit zu überwinden. Woher kam die eigentlich? Ist uns denn frühzeitig ein Minderwertigkeitsgefühl gegenüber anderen Menschen eingeprägt worden? Ich konnte das nie ganz loswerden. Selbst Gerhard gegenüber noch nicht.

17.6.46 Dörte

Schulaufsatz: „Bei welcher Arbeit findest du reine Befriedigung?

Diese Frage habe ich mir schon oft vorgelegt und bisher noch keine Antwort darauf gefunden. Es war so, dass mich wohl mehrere Arbeiten befriedigten, ich aber in keiner aufging. Oft habe ich mir den Kopf zerbrochen über meinen zukünftigen Beruf. Ich dachte an Ärztin oder Krankenschwester, oder wollte mich mit Chemie beschäftigen. Doch wenn ich mich prüfte, wurde mir klar, dass mir diese Berufe nicht die völlige Befriedigung würden bringen können.

Der entscheidende Augenblick trat ein, als ich die Kirchenmusik kennenlernte, als ich mit meiner Schwester Orgelstunden bekam. Als wir dieses schönste aller Instrumente spielen lernten. Zwar hatte ich schon vorher gerne musiziert, Klavier und Blockflöte gespielt, doch auf einmal war ich wie versessen auf die Musik und meinte, ohne sie nicht mehr leben zu können. Sie bedeutete wirklich alles für mich. War ich in Sorge, ging ich an die Orgel und spielte eines der kleinen Bachpräludien oder -fugen – und die Sorge war fort, weggenommen vom Zauber der Musik. Hatte ich etwas Schweres durchgemacht, die Musik tröstete, schaffte Linderung. Und wenn ich eine große

Freude erlebt hatte, trieb es mich in die Kirche, um meiner Freude recht Ausdruck geben zu können.

Natürlich lag es zum großen Teil an dem vorzüglichen Unterricht, denn unsere Organistin *(Gerhards Schwester Ursel)* scheute keine Mühe, uns an allem teilhaben zu lassen, uns in allem zu fördern und zum Höchsten anzuspornen, sodass wir sie schon nach einem Vierteljahr bei Trauungen und Beerdigungen und später bei Gottesdiensten vertreten konnten. Wie haben wir später *(auf und nach der Flucht in Berlin)* die Orgel vermisst! Wenn wir sonnabends nach Hause kamen, war unser erster Gang in die Kirche, wo wir manchmal Stunde und Zeit vergaßen und deshalb manche Vorwürfe von den Eltern hören mussten.

Außer der Schönheit der Orgelmusik lernten wir auch die wundervolle alte Vokalmusik kennen. Jede Woche hatten wir einen Chorabend, an dem nur die, die wirklich Freude daran hatten, mitsangen. Aber es ist mir klargeworden, dass die Freude, wenn sie auch die Hauptsache ist, allein nicht ausreicht, auch die Fähigkeiten spielen eine Rolle dabei. Natürlich gibt es nur wenig Genies, fast jeder muss sich Mühe geben. Doch wenn man merkt, die Anstrengung ist nicht vergeblich, ist man froh.

Und doch frage ich mich: Kann eine Frau wirklich mit dem Beruf einer Kirchenmusikerin ihr ganzes Leben lang dienen? Wird sie nicht einmal erschöpft sein? Sie kann eine gute Virtuosin und Chorleiterin eines kleinen Chores sein, doch der Schaffende, Gestaltende ist der Mann.

Ich glaube, es läge mir doch mehr, meine eigenen Kinder mit der Musik vertraut zu machen, mit ihnen zu singen und alles gemeinsam zu genießen. Meiner Ansicht nach ist die Arbeit für die Frau, in der sie reine Befriedigung findet, die, die sie als Frau und Mutter erfüllt, denn in ihr sind alle Gaben und Fähigkeiten zu einer wundervollen Harmonie verschmolzen."

Bewertung: 3 –

19.6.46 Dörte
"Lieber Gerhard, nimm von mir die herzlichsten Wünsche zu deinem Geburtstage. Ich hätte dir gern so viel mehr Freude gemacht, aber ich denke, das ist nicht die Hauptsache. Nimm als Geburtstagsgeschenk mein Herz, meine ganze Liebe hin. Deine Dörte"

"Die Verlobung ihrer ältesten Tochter Dorothea mit Herrn Gerhard Kühn zeigen an: Pfarrer Franz M. und Frau Margarethe, geborene Bartelt"

Gerhard und Dörte verlobten sich am 3.5.46. Danach ging Gerhard zu Dörtes Eltern und hielt um die Hand ihrer ältesten Tochter an. Der Vater sagte: "Da wollen wir doch erst einmal unser Dörtchen fragen!" Sie wurde hereingerufen und gefragt. Sie flüsterte leise, aber vernehmlich: Ja! Gerhard war 32 Jahre alt, Dörte 18. Einen Monat später, nach Gerhards Anstellung im Druckhaus Tempelhof, wurde die Verlobung offiziell mit einer gedruckten Anzeige dem Bekanntenkreis mitgeteilt.

Glückwünsche

Dörtes Klassenlehrerin:

„Ich wünsche Ihnen von Herzen alles Gute für den weiteren Lebensweg! Und wenn's mal ernster wird, möchte ich Sie an ein Wort von Fritz Reuter erinnern, Sie als Pommernkind werden es ja in Reuters Plattdeutsch verstehen:

Mit de Leiw is dat as mit en Bom,
je mihr de Wind in de Kron un in de Bläder spält,
desto faster smitt *(schmeißt)* hei sin Wörtel *(Wurzel)*."

Cousin Gottfried Sprondel:

„Ich fiel ja aus allen Wolken … Ich kann mir dich sehr gut als junge Braut vorstellen. Du hast nun den Reigen eröffnet, als erste von uns Vettern und Basen … Beeilt euch nicht zu sehr mit dem Hochzeitmachen! Da will ich doch dabei sein!"

Tante Annemie Sprondel:

„Deine Verlobung war in unserer Familie das eine Thema bei allen Gesprächen …"

Tante Hiltrud, Semlow:

„… Ich freue mich, dass du in der Zeit, wo die Zukunft so ungewiss ist, den einen Menschen gefunden hast, der mit dir zusammen den Weg durchs Leben gehen will …"

24.6.46 Gerhard an Dörte

Am 3. Mai dieses Jahres fanden wir zueinander. Am 12. Mai sagten deine Eltern dazu „Ja". Zu meinem Geburtstag wurden uns die Verlobungsringe geschenkt. Nun habe ich deinen und du meinen Namen im Ring. Bei der Dreckarbeit im Ullsteinhaus heute zog ich ihn vom Finger. Erst nach Arbeitsschluss streifte ich ihn wieder über und war nun wie geschmückt mit einem Stück Sonne. Was waren da meine Gedanken? Wo ist nun mein Heim? Ist es in Biesdorf, so nah am Korn, am weiten Himmel? Wie lieb habe ich es. Und doch ist es nicht mein Heim. Wo dann? Dicht neben deinem Herzen, da, wo wir beisammen sind.

Zwei Menschen, die in der Dunkelheit in ein Boot steigen und leise vom Ufer abstoßen. Im Herzen die fröhliche Gewissheit, es geht der Morgenröte entgegen. - Ich denke dabei an viele gute Wünsche aus der Nachbarschaft und Familie. Manche, als handle es sich nur noch um das Hochzeitmachen, wie man eine Gans fein knusprig brät. Andre nüchtern und ernst, die vom schweren Weg bis dahin wissen.

30.6.46 Dörte

O Gerhard … Wir möchten unser gemeinsames Leben ja so gerne schon jetzt beginnen. Wie ist es bei mir zu Hause anders geworden, seit du kamst. Ich denke manchmal, ich halte es zu Hause ohne dich nicht mehr aus, komme mir vor wie ein halber Mensch.

6.7.46 Dörte

Abgangszeugnis der Oberschule für Mädchen, Berlin-Lichterfelde:

„Dorothea M. verlässt die Anstalt, um Organistin und Hausfrau zu werden …"

8.7.46 Dörte

Ich sehne mich nach dir, lieber Gerhard, bin einsam ohne dich. Meine Gedanken wandern zu dir und wollen nicht bei mir bleiben. Immer wieder fliegen sie davon, in die große Stadt, wo sie mit aller Zielsicherheit zwischen dem hohen Häusermeer auf ein bestimmtes Haus *(Gerhards Arbeitsstelle Druckhaus Tempelhof)* und da zwischen den vielen Menschen auf einen zusteuern, und ich wünsche wohl manchmal, selber mitzufliegen, bei dir zu sein …

6.8.46 Dörte

O diese Tage, an denen ich Gerhard sehe und bei mir habe! Alles, was vorher schwierig und ungelöst war, ist dann glatt, leicht und eben …

12.8.46 Dörte

O dieser Herbstgeist, seit ich ihn kennenlernte, hat er auch in mir getobt und mich irre zu machen versucht. Oft plagt mich die Ungeduld, die Verachtung des Kleinen, Häuslichen, der Hochmut, sodass ich ganz unglücklich über die viele Arbeit zu Hause sein kann …

7.9.46 Gerhard

Nacht, du dunkler Strom,
der du zwei Tage verbindest,
der du mir hinfließt
und mich trägst
dem lieben Menschen zu.
Morgen wartet er mein.

27.9.46 Dörte

Ach, Gerhard, ich weiß, dass du jetzt viel zu leiden und zu kämpfen hast. Auch ich muss kämpfen gegen die Traurigkeit, gegen die Bitterkeit. Warum wird es uns so schwergemacht, zusammenzukommen?

Spandau

25.10.46 Gerhard

Seit dem Herbstsemesteranfang der Spandauer Musik-
schule studiert und wohnt Dörte dort im Johannesstift.
Wenn wir uns treffen, haben wir uns viel zu erzählen.
Schön, wenn wir uns gemeinsam aufmachen, hier und da
ein Möbelstück erwerben für unser zukünftiges Heim.
Heute stehe ich in der S-Bahn, einen von uns gekauften
Tisch nach Lichterfelde zu schaffen. Schneidende Kälte
draußen zwischen den Trümmern. Aber beim Transport
wird mir warm: „All meine Gedanken, die ich hab, die
sind bei dir."

Nachmittags in Biesdorf. Mutter brutzelt in der Küche,
Dörte und Ursel musizieren miteinander. Als würden sie
davon weit, weit fortgetragen. Fast bin ich etwas eifersüchtig.

18.11.46 Gerhard

In den Händen halte ich ein Quittenbäumchen, trage es
behutsam in den Garten, es soll eingepflanzt werden.
Was uns doch so alles anvertraut wird.

27.11.46 Gerhard

Draußen scheint frei und fröhlich die Sonne, davon wird
das Herz hell, auch, wenn ich an Dörte denke. Ihr geht es

nun wieder besser. Seit dem 15.11. hat sie neben dem Studium eine Hilfsorganistenstelle in der Spandauer Wicherngemeinde. Die hat ihr Professor ihr besorgt, da hat sie auch ein gutes Instrument zum Üben und bekommt hundert Reichsmark im Monat.

15.12.46 Gerhard

Im Eisenbahnabteil, vollgepfropft mit Menschen und Gepäck. Am Fußboden eine klebrige Lache. Etwas Süßes, vielleicht Sirup. Ein bärtiger Alter bückt sich und bleibt im Gedrängel am Fußboden hocken, seine Hände in dem schmutzigen Saft und leckt und leckt. Die Leute schimpfen, ob er verrückt sei? Aber er lässt sich nicht stören. Schließlich kommt er hoch. Bart und Gesicht verschmiert, verklebt, die Hände schwarz vor Dreck. Schmatzend sagt er den Umstehenden: „Kinder, seit einem Jahr hab ich keinen Sirup gesehen, das war mir eine Gottesgabe!" Immer noch leckt er seine Finger ab. Die Leute wissen nicht, ob sie lachen oder weinen sollen.

8.1.47 Gerhard

Von mancher Seite wird mir zugeraten, ein Studium anzufangen. So bei dem Gespräch mit der Chefin des Burckhardthauses. Sie meinte, wollte ich ins Verlagswesen, käme ich um eine gründliche Ausbildung nicht herum, Lehrzeit oder Volontärzeit, etwa zwei Jahre. So etwas könnte sie mir anbieten. Oder ich müsste über ein Studium nachdenken. Oder Meisterschule im grafischen

Gewerbe? Ich kann mich im Augenblick zu nichts entschließen. Solange ich im Ullsteinhaus arbeite, schaffe ich Möbel an für einen gemeinsamen Haushalt, wir wollen ja heiraten.

24.1.47 Gerhard
Ziehe ich morgens meine Stiefel aus, nach der Nachtarbeit, draußen das Aufdämmern des Himmels. Musste an Trümmerwohnungen vorbeigehen, lege mich hin, den Schlaf nachzuholen. Ein Tausendschönchen blüht im Kopf. Die kleine Cordel erzählte mir lachend vom Hochzeitmachen.

14.2.47 Dörte
Wunderbar schön ist heute die Welt. Obwohl es schon Mittag ist, herrscht hier noch Friede, der nachts frisch gefallene Schnee weist kaum Menschenspuren auf. Wie ein reines Tuch ist er über die Erde ausgebreitet. Kaum wage ich, einen Fuß darauf zu setzen, um ganz behutsam zwischen den nackten Laubbäumen, die jetzt von Schnee bekleidet, und den im vollen Nadelschmuck dastehenden Tannen, auf die sich weiße Flocken gesetzt haben, hindurchzugehen. Tief hat sich der blaugraue Himmel auf die Erde herabgesenkt und inmitten dieses winterlichen Bildes die Sonne, als ein Symbol des neu aufblühenden Lebens. Sie glüht fast feuerrot und wärmt die schlafende Erde. Ich bin wie gebannt, so märchenhaft erscheint mir alles, und wenn ich etwas wünschen dürfte,

dann wohl dies, dass du neben mir wärst und wir beide immer tiefer in den Wald hineinschritten …

15.2.47 Gerhard

Meine Gedanken wie ein Berg so schwer. Soll man in dieser Krisenzeit noch studieren? Sollte ich in meinem Alter nicht Handfesteres anpacken? Ich würde meinen Eltern und Schwiegereltern viereinhalb Jahre zur Last fallen. Und wenn ich einen kleinen Nebenerwerb hätte, als Buchhändler oder Mitarbeiter einer Zeitschrift, würde ich es dann wagen? Meine Braut mit ihrem kleinen Organistengehalt wäre bereit, mir beizustehen.

24.3.47 Gerhard

Wer streut mir Rosen in den Morgen? Wer macht mich fröhlich und vertrauensvoll? Nun werde ich ab April doch noch anfangen, Theologie zu studieren.

15.4.47 Gerhard

Heute umgezogen nach Lichterfelde. Heimweh, weil ich von zu Hause weg bin. Und Freude, dass ich nun bei Dörtes Familie bin und am Anfang des Studiums an der Kirchlichen Hochschule in Zehlendorf stehe.

21.5.47 Gerhard

Draußen der Mai. Ich sitze am Fenster. Die Sonne scheint warm und hell. Ich lerne hebräisch. Eine Schlange von Verben, die ich zu fressen und zu verdauen habe. Draußen Vogelgezwitscher und Kinderlärm beim Spiel. Die Fliederblüten sind schon braun und stockig. So schnell vorbei die Prachtkutsche des Maikönigs. Draußen rollt ein Wagen vorbei, vielleicht nach Spandau zu Dörte. Ich schreibe ihr: Am Sonnabend bin ich in der Kantate und halte für dich einen Platz frei.

17.6.47 Gerhard an Dörte
Manchmal tritt mir bei der Arbeit mein Dasein ins Bewusstsein. Es flüstert: Alles umsonst!" oder „Du dummer Bettler!" Es nagt an mir: „Fromm, aber hungrig!" und flüstert „Du einfältiger Tor, gib dir doch Frieden!" Betroffen halte ich inne, die Pfeile schmerzen.

Löll hat mir ein wunderhübsches Kleeblümchen geschenkt, das habe ich mir ins Knopfloch gesteckt. Es duftet mir so süß, das kleine Geschenklein.

16.7.47 Gerhard an Dörte
Nun wird es ganz still im Zimmer. Meine Bücher liegen aufgeschlagen um mich herum, aber die Dämmerung hat sie dunkel gemacht. Ich lasse ab vom Arbeiten, suche nach einem schönen Bildchen, um dir auf der Rückseite einen Gruß zuzusenden. Die ganze Familie ist mit ihren Gedanken heute bei dir in Spandau. Am Abend vor Prüfungsbeginn sollte man nicht mehr arbeiten.

Einen lieben Gruß, Dein G.

22.7.47 Gerhard

Gestern hat Dörte ihre Organistenprüfung mit gut bestanden, Orgelspiel sehr gut. Am Abend spielte sie uns hier ihre Prüfungsstücke vor. Pepping, Bach, Scheidt. Sauber und fein ausgearbeitet.

23.7.47 Gerhard

Zu Vatis Geburtstag möchte ich am liebsten um Verzeihung bitten, dass ich mich so wenig als Sohn um seinen Rat gekümmert habe. Soll ich bei meinem angefangenen Studium bleiben? Ich bin jetzt 34 Jahre und der Weg ist noch so lang.

5.8.47 Gerhard

Ich sehe den Fleiß der Familie. Ich quäle mich ab mit hebräischen Vokabeln. Ich lerne und vergesse das Gelernte sofort wieder. Bin dabei so matt und müde. Der Schwächste von allen, die im August in die Prüfung gehen.

19.8.47 Gerhard

Es ist lange nach Mitternacht. Ich stehe auf, weil ich nicht mehr schlafen kann. Bin so dankbar, dass ich nun das Hebraicum bestanden habe. Vor mir steht das Sträußchen, das mir Dörte hingestellt hat.

Januar 1948:
Dörte macht für drei Monate eine Ausbildung in Gemeindearbeit am Burkhardthaus in Dahlem. In dieser Zeit beschäf-

tigt sie sich intensiv mit religiösen Themen, Bibeltexten und
–ausarbeitungen. Sie grämt sich über ihre Schüchternheit,
während Gerhard sich mit Griechisch quält und der Frage:
Bin ich hier wirklich am richtigen Platz? Der Griechisch-
Professor sagt ihm, das würde schon werden. Gerhard zwei-
felt. Er fühlt sich berufen, aber nicht fähig. Die Tagebucheintragungen der beiden werden immer mehr zu nicht-enden-
wollenden Gebeten, Selbstanklagen und Hilferufen. Gerhard
schämt sich für seinen Hunger und macht sich Vorwürfe, den
anderen etwas wegzuessen. Beide warten darauf, dass sie
endlich zusammenziehen können, aber wie soll das gehen
ohne Geld?

28.1.48 Gerhard

Ich bekomme meine griechische Arbeit zurück: Fünf,
unbrauchbar. 28 Fehler. Ich bin verwundet, möchte mit
irgendjemanden darüber sprechen. Hat es denn noch
Sinn, weiter zu studieren bei so viel Dummheit und Leis-
tungsschwäche? Möchte meine Tagesration Brote aufes-
sen und zu Mama fahren, mich von ihr trösten lassen.
Mich zurückziehen, keinem mehr begegnen.

16.3.48 Gerhard

Mit Mama war ich in Wustrau. Wir haben 60 Pfund
Kartoffeln bekommen. Und sie wurden uns nicht abge-
nommen. Mama bekam sogar Hühnerfutter und Mehl.
Wir kamen noch am selben Abend wohlbehütet nach
Hause.

29.3.48 Gerhard

Ich werde nicht satt. Wir sind in Biesdorf, Dörte und ich. Ach Herr, ich esse viel und werde nicht satt. Ich bin so sehr ein Tier … Dieses Kreuz des Hungers, in dem ich kümmerlich hänge … Tag für Tag werde ich jämmerlicher und weniger. Keine Liebe, keine Kraft, kein Fleiß, keine Qualitäten. Nur Mangel.

Wie süß duften die kleinen Veilchen. Wie viel schenkte mir der Herr in Dörte, dass ich immer wieder beschämt dastehe.

31.3.48 Gerhard

Heute mit Dörte in Sanssouci. Es ist gut, unter dem blauen Himmel und der Sonne zu sein. Man spürt sich wieder selber. Und dankbar seinen lieben Nebenmann. Wir laufen zusammen. Und ich denke: Ich darf nicht so ungeduldig sein. Bin ja darin fast ein Städter, will irgendwie Bewegung sehen, ertrage eine Ruhe nicht, ein stilles Nebeneinander …

11.4.48 Gerhard

Am Abend schrieb ich Dörte aus meinem Tagebuch ab. Ich sollte es nicht tun, es ist so viel Schmerz dabei. Und doch, wenn ich ihr ein Stück von mir gebe, so ist es dieses Stück Weh. Andres hab ich nicht. Während ich schreibe, habe ich große Herzschmerzen.

12.4.48 Dörte

Geburtstag. 20 Jahre alt! Wie lieb sie alle zu mir sind. Von

Gerhard das Schönste: Sein Tagebuch von der letzten Zeit. Abends kommen Eva und Ursel zum Singen.

13.4.48 Gerhard

In Biesdorf steht eine warme Sonne über dem Acker. Ich sehe Mama in der Ferne graben. Freue mich, dass ich ihr helfen kann. Sie geht ins Haus. Ich grabe und bin glücklich.

14.4.48 Gerhard

Bin bei Papa. Ich denke an Wolfsblut. Papa erzählt vom Großvater mütterlicherseits, der im Handgemenge auf dänischer Seite gegen Totenkopfhusaren an Jähzorn und Gallenauslauf erstickte. Vom Onkel, der im Jähzorn ein Pferd erschlug und daneben tot zu Boden fiel. Vom Vater, der zwölf Gesellen in seiner Böttcherei hatte. Von der stattlichen Tante, die sagte, sie sei armselig gegen seine Mutter. Mein Großvater, der erst mit 18 Jahren Deutsch lernte. *(Er kam aus dem dänischen Nordschleswig und wurde zum preußischen Militär nach Berlin eingezogen.)*

22.4.48 Dörte

Heute war Gerhard zur Untersuchung. An der Lunge nichts. Aber Untergewicht, er wiegt nur 55 Kilo. Er braucht Zusatznahrung und Erholung. Ich bin erschrocken.

29.4.48 Gerhard

Ich bin so verhungert und zerlumpt. Auf was ich mich heut, morgen und übermorgen am allermeisten freue, wenn ich ganz ehrlich bin? Auf das Mittagessen, die Brötchenspende, das Abendbrot ...

3.5.48 Dörte
Ich bin wie zerschlagen. Nun bin ich auf den Tag genau zwei Jahre verlobt. Und immer noch bin ich von mir selbst gefangen. Aber Gottes Wort ist hell.

4.5.48 Gerhard
Dörte fährt nach Mittenwalde. Ich bringe sie zur Bahn. Mir ist weh und froh. Den ganzen Tag denke ich an die Nacht, in der die Liebe sich hin und her wandte und stöhnte in „Ja" und „Nein" und sich in meine Arme gab.

Gerhard an Dörte
Du, man kann den Kuckuck draußen hören und den Herzschlag dessen, den man lieb hat und es doch nicht sagen. Man kann wehe Sehnsucht spüren nach dem andern, dass man fast vor jeder Ecke schneller auf sie zueilt, weil man dahinter den anderen zu sehen hofft. So unwillkürlich sind unsere Bewegungen, unser Ein- und Ausatmen, die Bewegungen des Blutes ...

Mittenwalde

Dörte tritt, durch ihre Eltern vermittelt, die ihre Tochter vor
zu großer Nähe zu Gerhard schützen wollen, eine Stelle als
Organistin und Pfarrhelferin in Mittenwalde an. Sie wohnt im
Pfarrhaus bei der Pfarrersfamilie und muss auch im Haushalt
mithelfen. Die Pfarrfrau hat schwere Arthritis. Familie Wend-
land steht der Anthroposophie und der Christengemeinschaft
sehr nahe.

9.5.48 Gerhard an Dörte
Mit Ursel sprach ich einmal über Männer und ihre
Schwächen. Da sagte Ursel: Wir tragen eure Schwächen
weit mehr, als ihr denkt …

Und die Büsche und Bäume blühen und die Vöglein
jubilieren und rühmen. Und so auch mein Herz, es lacht
dir, du Liebste, zu. Dein Herz die Kette, an die ich fest-
gekettet bin und mit der du mich an dich ziehst und
meiner mächtig bist, ohne dass du nur deinen Mund
auftust, um leise zu bitten … Das grüne junge Korn, es ist
zart, dass es unter dem leisesten Windhauch schwankt.
Und ist doch so freudig gewiss, dass es der Ernte ent-
gegenwächst und Brot wird. Es weiß, dass ihm die
Wolken, die mit Regen daher ziehen, dass die Sonne,
dass alles, was daherkommt, ihm zum Segen wird …

10.5.48 Dörte an Gerhard

Lass dir sagen, dass ich dich doch sehr lieb habe. Ich kann sehr wohl nachempfinden, was du schreibst, aber ich kann es nicht an die Oberfläche bringen, nicht gestalten ...

11.5.48 Dörte

Heute am Morgen habe ich eine große Dummheit gemacht, so schlimm, dass Frau Wendland weinte und ich dachte, ich werde entlassen. Todunglücklich war ich. Aber sie hat mir vergeben.

13.5.48 Dörte

Heut früh fuhr ich zurück nach Mittenwalde. Da hab ich zum ersten Mal empfunden, dass eine große sanfte Hand auf allem, den grünenden Äckern und Wiesen und auf uns liegt, eine Hand, die streichelt und sehr sanft ist. Darüber bin ich froh.

16.5.48 Gerhard

Am frühen Morgen fahre ich zu Dörte nach Mittenwalde. Wir gehen ins Korn. Blauer Himmel. Die Felder flimmern. Schwalben flitzen. Wir sind glücklich unter diesem Himmel. Und nachts stand ich auf dem Hof bei Wendlands. Es ist so still, die Sterne sind schweigsam. Ich schaue zu Dörtes Fenster hinauf ...

17.5.48 Dörte an Gerhard

Auch diesen Tag schickt mir der Herr, an dem ich solch

Heimweh habe, Herzweh nach dir, lieber Gerhard. Als wäre ein Teil von mir fortgefahren, so war mir heute früh. Das Aurikelchen, es tut mir weh, weil es mir von dir, der es gestern hingehängt hat, erzählt, aber ein wenig tröstet es schon, du Lieber! Dann sehe ich auf die Kornfelder, die heute bei dem Wind so stark wogen und denke an gestern und muss ordentlich schlucken und würgen, dass es nun wieder so lange Zeit dauert, bis wir uns wiedersehen.

18.5.48 Dörte an Gerhard

Heute war ich im Haushalt. Das war hart. Lieber Gerhard, werde ich verträumtes, langsames Mädchen dir später genug helfen können?

25.5.48 Dörte

Heute war so viel Arbeit, dass ich kaum zur Besinnung gekommen bin. Aber übermorgen geht's für zwei Wochen nach Hause!

14.6.48 Gerhard an Dörte

Im Garten draußen sind zwei wunderbare Rosenbüsche. Gerade klopft Chrinchen und bringt mir zwei wunderhübsche Rosen. Eine rote und eine weiße. Eine für mich und eine für dich, sagt sie. Und dann ist noch ein drittes kleines Röschen und dabei und ein viertes kleines rotes, damit die beiden großen Rosen nicht so alleine sind.

25.6.48 Gerhard
Heute gab es nun das neue Geld. Die Leute sind nun etwas beruhigt. Und es wird von Krieg geredet.

26.6.48 Gerhard
Dörte ist da. Wie bin ich froh. Und heute zum Abendbrot gab es Milchnudeln. Zum Stöhnen schmeckt es gut. Ich denke an das Wort: Stöhnen vor Wonne und ich denke an die liebe Dörte.

17.7.48 Dörte
Über den Religionsunterricht heute fast verzweifelt. Was soll ich tun, um energischer zu werden? Ach, und alles ins Lächerliche haben sie mir gezogen. Hoffentlich übernimmt Wolfgang diese Klasse!

24.7.48 Dörte
Heute sprach Frau Wendland mit mir, dass es so nicht weiterginge mit meiner Zurückgezogenheit und meinen Hemmungen, sie könne das nicht mehr ertragen. Dabei möchte ich es gerne gut machen. Doch mit eigener Kraft kann ich es nicht.

30.7.48 Dörte
Gerhard hat sein Graecum nicht bestanden.

31.7.48 Dörte
Ich war in Lichterfelde. Wie immer fällt der Abschied so

schwer. Hier bin ich Eigenbrötler, Sonderling, am liebsten allein.

Gerhard an Dörte

Als ich dir heute Morgen nachlief und dich noch am Bahnhof einholte, von hinten auf dich zu rannte, hätte ich dich am liebsten vor allen Leuten jubelnd umarmt und geküsst …

11.8.48 Dörte

Eine große Kluft, die sich immer mehr vertieft zwischen Wendlands und mir. Ich bin so einsam und unglücklich in Mittenwalde ...

12.8.48 Gerhard

Dörte grault sich vor Mittenwalde wie ein Hündchen vor der Kälte der Nacht …

Inzwischen hat Gerhards jüngere Schwester Ursel geheiratet, sie ist Kirchenmusikerin wie Dörte, er (Wolfgang) ist in der theologischen Ausbildung wie Gerhard. Beide mit wenig Geld, aber ohne die Gewissensqualen und strengen Vorgaben durch die Eltern wie Dörte und Gerhard.

15.8.48 Gerhard an einen Freund

Ich hab mich da auf eine Tätigkeit eingelassen, der ich nicht gewachsen bin. Und mit allen Fasern meines Leibes versuche ich, wenigstens einen Teil der Anforderungen zu erfüllen … Und meine liebe Braut wartet vergebens …

21.8.48 Dörte

Frau Wendland traut mir nicht. Darüber komme ich kaum hinweg und bin traurig. Obwohl Gerhard da ist. Wie schön abends das Baden im Krummensee. Da bin ich fröhlich geworden.

31.8.48 Dörte

In der Nacht Fahrt nach Thüringen. Wie froh sind wir, als wir im D-Zug sitzen, Gerhard und ich.

1.9.48 Gerhard

Wir werden von Tante Ruth herzlich aufgenommen. Rührend sorgt sie für uns. Ich schlafe bis zum Mittag. Am Nachmittag baden wir in der Unstrut. Wir sind glücklich, Dörte und ich.

2.9.48 Dörte

Vormittags Solebad. Nachmittags im Wald mit herrlichen Schluchten und wundervollen Ausblicken. Abends vorlesen. Ruths Kinder sind so nett.

4.9.48 Dörte

Wir sind den ganzen Tag gewandert. Morgens von Bebra zur Rotenburg, dann zum Kyffhäuser durch herrlichen Wald. Von da aus über das ganze Land gesehen. Einen kleinen Waldsteig hinab zum Ententeich. Die gewaltige Barbarossahöhle.

7.9.48 Gerhard

Am frühen Morgen mit Tante Ruth über die Höhen. Die goldene Sonne, das helle Höhenkraut. Die Pilze, die Wälder und die Weite. Es war der schönste Morgen seit Jahren. Am späten Abend kamen wir kreuzlahm nach Hause. Die Pilzrucksäcke drücken. In der Nacht geht der D-Zug nach Berlin.

8.9.48 Dörte

Wenn ich jetzt nach dem Ausschlafen zurückdenke, dann kommt mir die schöne Zeit in Artern fast wie ein Traum vor. Der schönste Tag war gestern der im Wald.

19.9.48 Dörte an Gerhard

Danke für das, was du mir neulich zu Wendlands sagtest. Ich habe darüber nachgedacht. Ich habe es ihnen immer noch nicht gesagt, dass ich auf die Arbeit im Haus verzichten will, damit es zwischen uns besser wird. Meist kommen die Unstimmigkeiten, wenn ich bei Frau Wendland zu tun habe. Da werde ich so unsicher. Ich müsste mal ganz aus meiner Haut fahren, um freier und hemmungsloser zu werden.

22.9.48 Gerhard an Dörte

Plötzlich mitten in der Nacht. Es ist die Zeit, in der der Mond durch alle Zimmer geistert. Ganz still und durch die offenen Fenster, als warte er. Da fing es an zu singen in mir. Ein Jauchzen, dass es mir fast die Brust zersprengt und ich ganz still daliege und denke: Was soll mit mir werden? Hundert Bilder und Pläne ziehen durch mich hindurch…

Oder es fängt an zu singen, wie ein Tanz, wenn wir beisammen sind. Du kennst wohl diese Stunden in der Nacht …

Gerhard bekommt unerwartet einen der begehrten Studienplätze an der Freien Universität und wechselt von der Kirchlichen Hochschule dorthin.

9.11.48 Dörte
Gerhard hat sein Graecum geschafft!

13.11.48 Gerhard
Ich bin in Biesdorf bei Mama. Ihrer Freude über meine bestandene Prüfung, wie sie mich immer und immer wieder umarmt! Sie lässt alles im Haus stehen und liegen, allein um mir, bevor ich zur Uni fahre, noch einige Kartoffelpuffer zu backen.

12.12.48 Gerhard
Ich bin in Mittenwalde. Frau Wendland ist unglücklich und weint. Am Abend spreche ich mich mit ihr und ihrem Mann aus. Ich sage ihnen, dass Dörte unglücklich in Mittenwalde ist. Dass ich so oft komme, um sie aufzumuntern. Ich fürchte, dass sie verbiegt, dass sie hasst. Wendland hat gegen Dörte, dass sie so viel vergisst. Wir

sind froh, dass endlich mal über all dies gesprochen wurde.

26.12.48 Gerhard
In der Nacht sind wir beisammen. Es ist eine wundersame Begegnung im Dunkel. Ein Winkel der Liebe. Dörte sagt: Ich glaube, wir tun unrecht. Liebe Dörte, wie froh machst du mich mit deiner Liebe. Zündest mich wie eine Kerze hell an.

10.1.49 Gerhard
Vorgestern sprachen deine Eltern über Hochzeit. Dein Vater sagte: Erst müsste ich Examen und Vikariatszeit hinter mir haben. Deine Mutter war anderer Meinung. Ich hörte zu mit geschlossenen Lippen. Liebe Dörte, das ist mir alles so fern. Gott weiß unsere Zeit …

23.1.49 Gerhard
Ich bin so sehr aus nach Liebkosung. Fast scheint es, so still ist Dörte, als sei es ihr gleich. Und doch einmal nach einem Kuss, da spürte ich sehr deutlich ihre Sehnsucht. Möchte ihr das geben, wonach wir uns beide sehnen. Und mir ist, als verbiete es mir Gott, es so zu erlangen …

Dörte
Nachmittag bei Ursel mit Gerhard. Da durften wir beide uns ganz allein haben. Dass wir doch die reine, selbstlose, sich aufgebende Liebe bekämen! Ich merke, dass ich

so viel eigensüchtige Gedanken dabeihabe. Lieber, lieber Gerhard. Ich freue mich auf die Zeit, wo wir im eigenen Heim den Sonntag feiern. Wann wird es sein? Ach, wir wünschen es so sehr. Doch wollen Geduld haben und warten, bis uns die Tür dazu aufgetan wird.

15.2.49 Gerhard an Dörte

Nachts, da ich im Mondeslicht
nah war deinem Gesicht
hielt ich verwundert still:
Du bist es nicht
wie ich es will
ein Fremdes und doch nah verwandt
ein Liebes mir, weil's Gott gesandt
und tastend hielt ich deine Hand.

20.2.49 Gerhard

Am Abend, als ich nach Hause fahre, denke ich an ihren Hals. Wie lieb habe ich ihren stillen, hellen Nacken, auf den ich sie gern küsse, als sei ich dort ihrer Seele am nächsten.

2.3.49 Gerhard an Dörte

Wir kamen ins Haus. Da machte ich einen sehr ordentlichen Luftsprung. Ich fragte Bärben: „Was war das?" Bärben sagte: „Ein Sprung!" Ich sagte: „Stimmt! Ein Luftsprung für das bestandene Kleine Latinum!" Bärben wollte es nicht glauben ...

3.3.49 Dörte an Gerhard

Mein lieber Gerhard, obwohl es draußen noch schneit und friert, ist es bei mir doch Frühling geworden, wie du an diesem kleinen Frühlingsgruß für dich siehst, zu bestandenem Latinum als frohes Zeichen! Gretel kam her und gab mir deinen Brief und beobachtete mich beim Lesen. Sie hatte nicht lange zu gucken. Ich war den ganzen Tag sooo froh …

14.3.49 Dörte

Was geschieht in den Nächten? Mir ist ganz Angst vor den Träumen. Doch dann kommt wieder der helle Tag.

20.3.49 Gerhard

Am Abend sind Dörte und ich beisammen. Sie hatte mich mit jenem Blick angesehen, der plötzlich ganz unverhüllt ist. Und nun lag meine Hand in ihrem Schoß. Und sie ist still zu mir hin. Aus mir ist alles Denken gewichen. Als Dörte sagt: Es sei hier so hart und Andeutungen auf die Propstei hin machte, waren all meine Bedenken verflogen, ich zog ihr den Mantel über und wir wollten in die Propstei gehen. Aber draußen weinte sie und wollte wieder zurück. Ich merke, dass sie dieses Letzte klar und klarer begehrt. Sie sagte: „Ein andermal komme ich mit." Es ist gut, dass wir das jetzt ganz offen sehen. Sie ist viel dankbarer als ich.

Dörte

Gerhard und ich haben über unser gemeinsames Leben

gesprochen. Ich hab ihn doch sehr lieb, wie er ist. Nun erst enthüllt sich manches Rätsel, das sich in letzter Zeit über einiges gelegt hatte. Wir müssen wahrhaftig sein, nüchtern und klar.

26.3.49 Gerhard
Am Morgen kam Dörte. Wir gehen an den Kanal. Die Sonne scheint. Wir sitzen und überlegen unsere Zukunft. Wir legen die Grenzen fest unseres Zusammenseins. Bis auf das Letzte wollen wir uns uns geben. Dörte ist wie befreit.

Dörte
Einer der schönsten Tage meines Lebens, wo wir uns bis auf den Grund unserer Seele erforschten. Wie schwer. Aber wie schön. Wir dürfen uns alles Gute und Schlechte beichten und einander vergeben.

27.3.49 Dörte
Wann dürfen wir heiraten? Gerhard meint, die Entscheidung liege bei mir.

28.3.49 Dörte
Bin ich sentimental? Der Mädchenkreis ist mir so ans Herz gewachsen, dass mir die Trennung zum Weinen schwerfällt. Auch die Trennung von dieser Gemeinde.

Wartezeit

Dörte hat ihre Stelle in Mittenwalde gekündigt. Erleichtert auf der einen Seite, weil der Umgang mit der Pfarrersfamilie immer sehr schwierig war, auch wenn Dörte immer wieder versuchte, es allen möglichst recht zu machen. Auf der anderen Seite hat ihr besonders das Arbeiten mit Jugendlichen in der Mädchengruppe großen Spaß gemacht, dort hat sie die Anerkennung bekommen, die sie bei Familie Wendland die ganze Zeit schmerzlich vermisste.

Ab April hat sie eine Aushilfs-Organistenstelle in Zehlendorf, wohnt aber wieder im beengten Elternhaus in Lichterfelde. Sie soll der Mutter im Haushalt helfen, eine Art Haushaltsjahr. Für Dörte nicht leicht, nach einem Jahr in relativer Selbständigkeit wieder mit 21 Jahren in den Schoß der Großfamilie zurückzukehren und sich unterzuordnen. Aber an Gründung eines eigenen Hausstands ist noch nicht zu denken.

2.4.49 Dörte

Auch heute: Froher und schwerer Tag im Haus. Ob es gut gehen wird?

3.4.49 Gerhard

Dörte sagt: Ich mag das Leibliche nicht. Das mag damit zusammenhängen, dass schon ein Jahr die Regel ausblieb. Das ist auch die Not der Schwestern. Die Ärztin sagt, es sei Überanstrengung. Dörte sagt: Meine Liebe ist kleiner als deine! Darüber erschrecke ich. Kann man mich überhaupt liebhaben? Wie arm stehe ich vor dir! Dörte sagt: Am liebsten bin ich mit dir tätig!

14.4.49 Gerhard

Froh kehre ich vom Psychotherapeutischen Institut heim. Dr. Thymann sagte: „Sie sind weich, haben Sie Mut dazu, seien Sie hart gegen Ihre Schwiegereltern. Es geht um Ihr Glück. Machen Sie die Augen auf und lassen Sie gelten, Ihren Leib und den Ihrer Braut."

Dörte

Nachts in großer Not. Was soll ich tun? Dürfen Gerhard und ich so weit gehen? Oder ist es Angst und mangelndes Vertrauen von mir?

15.4.49 Gerhard

Gestern Abend, Dörte kam noch zu mir ins Zimmer. Sie sah frisch und lieb aus. Ich zog sie ans Bett. Sie wollte in ihrer ängstlichen Art auffahren. Und sie wurde ruhig. Ich redete ihr zu. Das Licht ging aus und sie legte sich zu mir. Wir sind doch Verlobte. Sollten wir nicht das Zutrauen zueinander haben? Ich denke so und tue damit Dörte weh. Sie schluchzt herzzerbrechend. Es muss doch nach dreijähriger Verlobungszeit erlaubt sein, damit wir nicht verkrampfen. Ich beruhige Dörte. Und als sie schlafen geht am Morgen, ist mir, als ob trotz der Tränen unser Beisammensein nicht unrecht sei.

17.4.49 Gerhard

Ostersonntagsgottesdienst. Ich sitze in den hinteren Bankreihen und sehe Dörte an. Sie ist von solchem Liebreiz, dass jeder Mensch sie liebhaben muss. Ich muss sie dauernd ansehen. Da brauch ich mich nicht wundern, dass alle Jungen sie ansehen immerzu. Ach, wie komme ich nur zu solch einem lieblichen Menschen?

29.4.49 Dörte

Den ganzen Tag im Garten mit Mutti und Löll. Rotkehlchen nisten bei uns. Man kann schon froh sein!

4.5.49 Gerhard

Ich komme in eine Spannung, die ich nicht ertrage. Zweierlei, beruflich und geschlechtlich, spannen und foltern mich. Dörtes Mund, der sich mir nur unter Zurückhaltung und fast widerstrebend gibt. Dahinter (*ihr*) Vater und die Familie, die den Heiratsgedanken weit hinausschieben. Dass Vater gestern unseren Verlobungstag nicht gesegnet hat, quält mich sehr, wo wir so sehr in Not sind mit uns selber. So bin ich kalt und stumm und ohne Liebe den anderen gegenüber. Die Liebe, mit der ich früher verwöhnt wurde, ist mir zugeflossen, ohne dass ich es verdient habe.

Und beruflich? Ich liebe und hasse dieses Studium. Eine Beschäftigung, die mir läge, wüsste ich: Geschichten schreiben. Meine Gedanken sind wirr. Ich möchte die angebotene Patenschaft für Matthias (*neugeborener Sohn seiner Schwester Ursel*) nicht annehmen, weil ich meine, ich müsste bald sterben.

6.5.49 Dörte

Immer wieder bei uns beiden Kampf. Kann ich Gerhard tragen? Wir müssen mehr vertrauen als Probleme wälzen. Antworte ich deshalb nicht?

11.5.49 Gerhard

Dörte ist sehr zutraulich und fühlt sich geborgen in den Freundlichkeiten der Männer. Mir ist darum bange. Ich kann das Gefühl nicht loswerden, dass sie Wolfgang (*ihren Schwager*) sehr lieb hat. Dieses Gefühl nagt schon länger an mir und zerstört meine Offenheit und mein Vertrauen Dörte, aber auch Ursel und Wolfgang gegenüber. Dabei bin ich sicher, dass Dörte nichts Unrechtes tat, dass sie mir treu ist. Ich habe den Eindruck, dass ihre eigentliche Liebe nicht mir gilt, weil sie sich nicht aufgeben kann, wie es in einer echten Liebe ist. Man gibt sich nur dem unbedingt Geliebten auf. Dazu bin ich zu wenig und zu arm. Meine Furcht treibt die Liebe aus. Aber ich liebe Dörte.

Mir kommt mein ganzes Elend zu Bewusstsein. Diese lange Verlobung. Bin ich mit meiner Zaghaftigkeit nicht schuld, dass ich nicht schon längst verheiratet bin? Habe ich nicht aus Schwäche damals zum Studium gegriffen, weil ich mich fürchtete? Ist meine Furcht vor dem Leben und vor dem Wagnis des Berufs und der Ehe nicht schuld an unserer Misere? Wartet nicht Dörte auf meine Entscheidung unserer Angelegenheit?

20.5.49 Dörte
Was fehlt mir? Etwas Merkwürdiges geht in meinem Körper vor.

27.5.49 Gerhard
In der Nacht können Dörte und ich uns nicht trennen. Dörte ist sehr, sehr schön. Ihr Gesicht leuchtet in ihrer Hingabe. Alle Sorge ist verflogen. Ich hatte es dunkel gemacht und wir spürten unsere Liebe. Und Dörte tut sich mir auf, als wäre alle Traurigkeit nur ein Traum. Und trotzdem zögere ich, wie ich sie umarme, einen Augenblick wie vor einem Fremden.

28.5.49 Gerhard
Obwohl wir nicht viel geschlafen haben, sind wir den ganzen Tag fröhlich und heiter wie der helle und klare Himmel.

1.6.49 Gerhard
Dörte ist wie Wachs und hingegeben für ein Stücklein Schokolade. Ich bin überrascht, was ein Tröpflein Liebe vermag. Das ist die ganze Kunst der Liebe, wirklich lieb zu haben.

7.6.49 Dörte

Herrlicher Tag. Mit Gerhard am Grunewaldsee. Zum ersten Mal Freude, auch des Leiblichen. Tiefe Stille. Liebe, wie ein Brunnen zwischen uns. Ich war frei von meinen Ängsten und Hemmungen. Wie wird unsere Ehe werden?

8.6.49 Gerhard

Gestern war ein Tag, als ob unsere Verlobung besiegelt und bestätigt worden sei. Mit der Liebe. Wie froh bin ich dafür. Und nun wurde auch mein Blick vor Dörte ruhig, weil nun nichts mehr an ihr ist, was ich nicht lieben sollte und kann. Das Wunder, sie lieb zu haben, ganz so, wie sie ist. Auch ihre Wünsche. Und gingen sie zu einem anderen Mann hin. Als komme aus diesem Tag eine Quelle von Liebe und Bereitwilligkeit. Dörte ist wie verwandelt. Sie füllt mich mit einer Zärtlichkeit und macht es mir leicht zu sagen: Liebe Dörte, ganz wie du bist, hab ich dich lieb.

10.6.49 Gerhard

Am Abend bestätigt mir Dörte, dass ihre Eltern gerne wollen, dass ich nach Biesdorf zurückgehe. Ich sehe Vati vor mir, dem ich als ungeratener Sohn ein ständiger Vorwurf sein werde. Ich bin sehr verzagt. Jedem bin ich eine Last. Wäre es nicht das Beste, wenn ich aus der Welt verschwände! Ich bin krank. Hilf, dass ich nicht mich und alles zerstöre!

15.6.49 Gerhard

Mit Mama fahre ich nach Haus. Wie gut tut mir meine

Mutter. Ich bin sehr dankbar über die Gespräche. Sie sagt: „Du musst der Verlobten alle Freiheit, auch zu anderen, lassen, damit sie zu dir kommt. Ein Mädchen ist viel fester gebunden, als ihr Männer denkt." Mir wird meine eigene Selbständigkeit bewusst. Bereit für Dörte, aber einen selbständigen Weg zu gehen. Mama schlägt mir vor, doch einfach auf Zeit nach Biesdorf zu kommen.

20.6.49 Dörte
Unterwegs mit Löll, um Paket abzuholen. Manche halten mich für ihre Mutti. Liebstes Schwesterchen. Ach, ich freu mich auf später, auf die Zeit unserer Ehe, wenn wir auch Kinder haben dürfen.

17.7.49 Dörte
Nachmittags viel geschlafen. Gerhard fast den ganzen Nachmittag. Ich habe Sorge: Ist er krank? Ja, krank sind wir beide manchmal in der Sehnsucht nach Gemeinsamkeit des ganzen Lebens. Aber es geht noch nicht.

28.7.49 Gerhard
Dörte ist bei mir in der Vorlesung. Ich werde rot, als ihr die Augen zufallen, liebe müde Dörte. Und doch hört sie mehr als ich und versteht es besser.

29.7.49 Gerhard
Die Kirschbäume bei Familie M. tragen so reich, dass die Mädchen von der Arbeitslast verdrossen sind und verzagen.

31.7.49 Gerhard

Dörtes Mutter sagt, ich müsste für die 14 Tage ihrer Abwesenheit *(sie fährt nach Bremen)* nach Biesdorf. Es ist wohl besser. Ich bin traurig, dass Mutter nicht den eigentlichen Grund sagt, dass sie selber Sorge hat um uns. Sie meint, die Leute reden. Wenn die Leute schon bisher nicht viel mehr geredet haben, wo sie doch den Schwiegersohn im Hause hat, der noch kein Schwiegersohn ist.

Am Abend ist Dörte von solcher Liebe und Zärtlichkeit. Sie kommt noch einmal ins Zimmer. Sie möchte am liebsten nicht schlafen gehen.

2.8.49 Gerhard

Seit Wolfgang hier ist, ist mir, als sei Dörte nicht mehr für mich da. Ihr schönes Kleid, das sie jetzt schnell anzieht, als schmücke sie sich besonders für ihn, wenn sie am Tisch so wach und lieb aussieht, weil sie ihm gegenübersitzt, dass sie in der Küche anfängt zu singen, was sie schon lange nicht mehr tat. Ach, mir wird mein Herz so schwer. Was soll ich ihr denn, wo ich sie doch nicht fröhlich mache?

11.8.49 Gerhard

Psychoanalyse bei Dr. Scheunert: „Sie haben sich gesichert in Ihrer Braut, die ja einem Pfarrhaus entstammt, und so nicht Ihren Grund auf leibliche Beziehung gelegt. Sie werden dann in der Ehe gelöst sein. Es gibt manche

Leiber, die versagen den Dienst, weil sie moralischer sind als das Gehirn. Erst in der Ehe werden sie wach und tüchtig. Ihre Braut als Mädchen haben Sie erwählt in Anlehnung an Ihre ersten Jungenfreundschaften. Sie ist die gute Fee aus Ihrer Kindheit! Ihre Angst vor der Frau – woher das kommt, müssen wir rauskriegen!"

29.8.49 Gerhard

Am Nachmittag mit Dörte baden. Allein. Sie legt ihren Arm um meinen Leib. Ich umarme sie. Sie liegt plötzlich sehr still. Ich streichle sie, lege mich wie unter Zwang auf sie und presse mich an sie. Dörtes Gesicht und Mund wie das eines Dürstenden, der noch den letzten Tropfen aus dem Becher erwischt. In der Nacht bin ich bei ihr. Sie stöhnt wie unter Schmerz und Lust. Hält mich fest und wehrt mich ab.

31.8.49 Dörte

Sehr sauer fällt es mir zu Haus. Liebe umgab mich im Zeltlager in Wannsee (*wo sie zusammen mit Gerhard eine Woche Jugendgruppen angeleitet hatte*). Hier bei den Geschwistern ist es so anders. Ich bin so liebeshungrig, zu nehmen und zu geben.

1.9.49 Dörte

Gerhard ist so unglücklich, dass wir noch nicht verheiratet sind. Und ich bin zu zaghaft, um etwas mit ihm zu unternehmen. In den Westen gehen?

5.9.49 Dörte

Radtour an die Nute. Froh über das Land, die Stille, die Weite. Froh über Gerhard, über unsere Liebe. Herr gib, dass wir bald heiraten dürfen!

Gerhard

Ausflug mit Dörte an die Nute. Freude. Sonne. Nach dem Baden Jauchzen, Tanzen, Spielen. Wie lieb ich sie hab! Wie ich um sie, die Liebliche, werbe! Ich möchte sie mein Eigen nennen, wie niemand sonst! Und dann spielten wir jene Spiele, in denen Dörte schwach wurde. In denen sich unsere Leiber zueinander drängten und spürten in ihrer Beweglichkeit.

14.9.49 Dörte

Wiedergefangen in Sorge, Not, Angst vor Mutti. Alles von gestern ist hin. Wie kommt es, dass wir keinen Hausfrieden haben? Auch kaum mit Gerhard heute gesprochen.

19.9.49 Dörte

Ursel schwer krank mit hohem Fieber, Brustentzündung. Hier zu Hause Lieblosigkeit – auch gerade bei mir. Nachts Angstträume. Was ist mein Leben jetzt? Angst, furchtbare Angst. Ich möchte so gerne jetzt heiraten, um in Gerhards Liebe geborgen zu sein. Bin völlig zerrissen.

27.9.49 Dörte

Wo ist mein Zuhause? Ist es noch bei den Eltern? Gerhard, was du zu Beginn unserer Verlobungszeit erlebtest, erlebe ich jetzt. Neben deinem Herzen ist mein Zuhause, sonst nirgends.

25.10.49 Dörte

Froh bin ich, ganz froh. Freude darüber, dass Mutter Ja sagt dazu, dass Gerhard und ich nächstes Jahr unsere Familie - Herz, fasst du es! - gründen, heiraten. Und Freude darüber, mit wie viel Liebe sie daran denkt, wie auch alle Einwände aus Liebe geschehen, und wie sie doch nicht eng an Traditionen klebt, sondern die Gegenwart sieht, das Leben.

2.11.49 Gerhard

Dr. Scheunert: Sie wollen zurück ins Säuglingsstadium. Der Frau nähern Sie sich wie der Mutter, deshalb Inzesthemmung. Sie hatten keinen Vater, der Ihnen Bild des Mannes und Vater war. Deshalb haben Sie keine rechte Lust, es zu werden. Zur Mutter gehen Sie nur als Kind.

6.11.49 Gerhard

Am Morgen beschäftigt mich ein Traum. Ein freches Mädchen sagt: „Kleener, kannst noch nicht?" Und dann die Tat, die Flagge bei mir auf Halbmast, aber mit Erfolg. Dann wie Filmszenen: Dörte und der Kaschube, Kania *(die schöne Tochter eines polnischen Gutsherren, die er im Krieg kennen- und lieben gelernt hatte und die dann starb)* und ich. Ich weiß, es ist vergeblich.

16.11.49 Gerhard

Ich beichte Dörte meine größte Sünde des Jahres. Meine Eifersucht. Dörte beschämt mich durch ihre Güte. Es ist wie ein Pfropfen, der aus der Flasche fliegt. Bin frei, und das ist der Anfang der Fröhlichkeit. Ich sehe sie nun oft an. So wie die anderen. Und bin froh über ihre Liebe.

5.12.49 Dörte

Waschtag. Mit Mutti eins. Fröhlich zusammen. Abends erzählen Chrine und Bärben, dass sie im Frühjahr Abitur machen. Ob wir dann im Sommer heiraten dürfen? Wenn es doch Wirklichkeit würde!

13.1.50 Dörte

Mürbe bin ich durch die wechselnde, jetzt wieder abweisende Haltung der Eltern. Sollen wir mit dem Heiraten noch warten? Trotz unseres heißen Wunsches! Hart ist's.

27.1.50 Dörte

Gerhard hat mit Vater gesprochen, der uns versteht, uns zwar den guten Rat gibt, mit der Heirat noch zu warten, aber doch nichts dagegen hat. O welch glücklicher Tag! Und doch bin ich zu allem still, auch zu den Eltern, nur zu Gerhard nicht.

10.2.50 Dörte

Immer unglücklicher zu Haus. Bärben hat mich heute geschlagen. Keiner will mich verstehen, keiner hat mich lieb. Gerhard in Biesdorf und ich allein hier.

24.2.50 Dörte
Wunderschönen Traum gehabt von einem Kind, das ich lieb hatte, das ich trotz aller Abraten hinten aufs Rad setzte und mit ihm nach Hause fuhr.

27.2.50 Gerhard
Den ganzen Tag liegt es wie eine Last auf uns. Dörte bat, nach Biesdorf zu dürfen. Das wurde ihr abgelehnt, es sei unerhört und rücksichtslos. In mir das Gefühl, dass man unsere Ehe als ein Hindernis und eine Anmaßung ansieht.

28.2.50 Gerhard
Seltsamer Traum. Irgendwie will sich der Druck lockern. Bin auch dankbar für meine Wut in diesen Tagen, in die ich verstrickt bin wie eine Fliege im Spinnennetz. Dr. Scheunert: „Ihr Traum zeugt davon, dass Ihre neurotischen Schwierigkeiten kein Sexualproblem, sondern ein Aggressionsproblem darstellen."

1.3.50 Dörte
Zersprungen. Erst ich, dann Gerhard mit Mutti geredet. Mit dem Erfolg, dass Mutti empört ist: Gerhard entführe mich!

Von Pfarrer Rhein Bescheid, dass meine erweiterte Anstellung *(zu besseren finanziellen Konditionen)* klappt. Nach einer Wohnung gefragt. Aufs Schlimmste gefasst.

Gerhard

Nach meiner Rückkehr höre ich, dass *(Dörtes)* Mutter noch für ein- bis dreijähriges Warten bis zur Hochzeit ist. Ich verteidige meine Meinung sehr hart und sage, dass ich bereit bin, den Theologieberuf abzubrechen, um Dörte ernähren zu können. Ich könne bei einer siebenjährigen Verlobungszeit nicht garantieren, dass wir dann nicht wie Verheiratete zusammen sein. Mutter fasst das als Drohung auf und ich erwarte, rausgeworfen zu werden.

2.3.50 Dörte

Gerhard und ich haben Mutti um Verzeihung für unsere Drohung und unser Schweigen gebeten. Wissen aber nicht, was weiter wird.

5.3.50 Gerhard

In der Nacht träumte ich, mein erster Junge müsste Christian heißen. Christ-Johann.

6.3.50 Dörte

Gespräch mit Pfarrer Rhein. Hurra, Mutti lässt ihn den Weg für uns ebnen!

7.3.50 Dörte

Den ganzen Tag geplättet. Mit Mutti über Wohnungseinrichtung und Hochzeit gesprochen.

26.3.50 Gerhard

Morgen muss ich aus dem Haus in Lichterfelde. Wie ein geprügelter Junge. Der Zorn überdeckt alle Dankbarkeit, die ich gegen Dörtes Familie empfinde. Und meine Undankbarkeit ist es ja wahrscheinlich, die Mutter M. ihrerseits zornig und hart und feindlich werden lässt. Ich begehre auf gegen die Prüderie. Auf Schritt und Tritt wird Zusammensein mit mir als verdächtig empfunden. Es scheint, als gehe Mutter ein Stich durchs Herz, wenn sie uns beide zusammensitzen sieht, wie gestern, als wir beim Kaffeetrinken allein in der Küche saßen. Mutter mag es nicht, dass Dörte in der Pause mit mir ist und gibt ihr schnell neue Aufträge.

27.3.50 Gerhard

Heute gehe ich aus dem Haus. Mutter M. guckt mich fast mit Hass an, Dörte ist fast am Weinen. Ist es der erste Schachzug der Familie, uns zu trennen? Unsere Ehezustimmung hängt ja an Pfarrer Rheins Anstellung.

31.3.50 Gerhard

Dörtes Dirigieren vorm Chor ist jetzt ein wahrer Genuss, so klar. Dörte ist auch dankbar. Sie dirigiert jetzt auch fester ihr Leben. Sie sagt, dass sie nicht daran denke, die Stelle zu Hause als Hausmädchen zu erfüllen, damit die anderen sich vor den unangenehmen Arbeiten drücken können. Ich bestärke sie darin.

2.4.50 Dörte

Heut Nachmittag bei Gerhard in Biesdorf gewesen. Keine scharfen Blicke, ohne Zank und Streit, anders als in Lichterfelde. Nur Liebe und Umhegtsein. Wenn mir nach solch einer Erquickung doch Kraft geschenkt würde für die Eltern und Geschwister! Mutti, jetzt krank und gereizt, wird mir immer wieder zu einer Anklage: Du hast Gerhard die Tür gewiesen!

5.4.50 Dörte

Ich habe die erweiterte Stelle in Zehlendorf! Organistenarbeit, Jugendarbeit, Kirchenchor!

10.4.50 Gerhard

Gegen M. noch immer reserviert. Aber es ist wohl nötig. Ich will lieb zu ihnen sein. Aber so recht haben wir uns nichts in unseren Angelegenheiten zu beraten. Dörte ist reizend. Ich muss sie dauernd umarmen. Sie ist glücklich. Wie merkwürdig, dieses Kämpfen um Liebe. Sie wehrt sich. Ich frage, ob etwas weh tut. Sie schweigt, nur ihre Augen leuchten froh. Als sage sie: Ich muss mich wehren, greif nur an.

29.4.50 Dörte

Zusammenstoß mit Mutti. Ich sei undankbar, trete meine Eltern mit Füßen usw. Etwas Wahres: Verschlossener bin ich, seit Gerhard fort ist, und habe oft meinen Schmerz niederzukämpfen, dass meine Eltern Gerhard verstoßen haben.

1.5.50 Dörte

Gerhard, was ist Wahrheit? Dass ich kein Kind, sondern Weib bin? Unser Gespräch darüber sehr schwer, möchte fliehen, doch will standhalten.

2.5.50 Dörte

Noch schwerer war es heute Nacht. Ich hoffe, dass ich in der Ehe offen und nüchtern sein kann. Jetzt noch furchtbarer Kampf. Und doch bin ich am Morgen ein wenig dankbar und merke, es hat mich etwas weitergebracht. Möchte Gerhard gerne etwas von mir geben.

7.5.50 Dörte

Wohnung angesehen. Wie wunderschön wäre es, wenn wir sie haben könnten! Freu mich sehr darauf! Am Nachmittag mit Mutti über Hochzeit gesprochen. Der 24.6. ist vorgesehen.

9.5.50 Dörte

Schwer mit Mutti. Komme mir heute vor wie ein Sklave. Nachmittags im Garten aufgeatmet. So schön, alleine draußen zu sein und zu denken, was man will. Freu mich, wenn ich von hier frei werde. Aber nicht nur deshalb. Vielleicht bin ich jetzt auch schon viel selbständiger geworden.

14.5.50 Dörte

Nach Biesdorf. Wohltuend das Land, das Feld, die Weite, die sich ausdehnt und uns mahnt: Habt Zeit, jagt nicht vorbei, seid ruhig und weit und groß wie ich. Den ganzen Nachmittag draußen. Hab Gerhards Eltern von Herzen lieb, wie sie sind. Wenn ich dann zurückmuss, etwas Furcht: Was erwartet mich jetzt zu Haus?

18.5.50 Dörte
Zu Hause bin ich so müde und zerschlagen, gereizt, dass ich Mutti keine Antwort gebe. Sie haben unsere Hochzeit nun neu auf den 30.6. festgesetzt. Gerhard will, dass wir um des Friedens willen nachgeben und ich will es auch. Ganz regenfrischer, duftender Abend. Mit Gerhard am Kanal. Wollen uns gegenseitig helfen, frei zu werden von allen feindlichen Gedanken.

6.6.50 Gerhard
Gestern beim Standesamt. Heute bin ich zur Goldschmiedin gefahren für die Ringe.

Dr. Scheunert: „Spät, die Heirat. Aber der Zug steht noch da und wartet."

Was weiß ich, ob ich Dörte glücklich mache? Mit den armen Mitteln, die ich habe, sehe ich nicht, wie ich sie glücklich machen kann. Und sie, kann sie mich glücklich machen?

Dörte
Wäschetag. Auch meine neugekaufte Wäsche gewaschen. Mein Bruder Hans hält nichts vom Christlichen. Außer

Bärben und Nina auch die anderen in offener Revolution gegen die täglichen Abendandachten Vatis mit der Familie. Was machen wir Christen falsch? Leben wir außerhalb der Welt? Wenn doch auch Hans zu uns gehörte!

13.6.50 Gerhard
Oberkonsistorialrat Krieg meint, ich solle nach Rio Grande da Sul in Brasilien gehen. Ich mache vielleicht einen guten Eindruck auf ihn. Aber ich bin ein Angsthase und unpraktischer, ungeduldiger Mensch.

14.6.50 Dörte
Wir haben die Wohnung, die Rosen-Wohnung! Mit Handschlag und Blumenstrauß bestätigt. Entzückend, zum Begeistern schön!

Gerhard
Am Nachmittag in der neuen Wohnung. Obwohl sie zusagen, ist es mir wie eine Verurteilung.

16.6.50 Dörte
Singen mit den Kindern am Nachmittag gut. Chor gut, zwei neue Mädchen, sehr froh darüber. Kann noch gar nicht schlafen. Heut in 14 Tagen bin ich Frau! Sind wir Eheleute! Ob es mit meinen Komplexen und meinem Verzagen gut geht? Aber bei Gerhard wohl ebenso. Schon um des anderen willen müssen wir stark sein.

22.6.50 Dörte

Abends Stühle kaufen. Wer bist du, Gerhard? So merk-würdig weit ab heute.

23.6.50 Gerhard

Am Nachmittag pflücke ich Kirschen. Bin frei und fröhlich. Das freundliche Wort des Kirschbaums lindert die Kränkung des Herzens. Und Dörte ist von großer Freundlichkeit.

25.6.50 Dörte

Aufgebot in der Kirche bei Vater. Merkwürdig, wie es in dem Augenblick an der Oberfläche blieb und gar nicht erregte, was mich nachts nicht schlafen ließ. Alle sind so herzlich und freundlich, froh über die Liebe.

Am Nachmittag bin ich verzagt. Wie verschlossen ich Gerhard gegenüber noch bin. Warum kann ich keine Herzensdinge sagen? Der Mund ist mir verschlossen und ich denke, es müsse mir jeder ansehen, was ich meine.

Lieder zur Hochzeit ausgesucht. Die guten Eltern sind so anderer Meinung mit ihren Vorschlägen und wir tun ihnen weh. Wir müssen noch die Mitte finden. Etwas bänglich ist mir vor der kommenden Woche.

Gerhard

Angst? Am meisten vor der Gemeinsamkeit. All meine

Traumkühnheit zerronnen. Bin wie ein begossener Pudel. Hab Angst vor dem Erwachsensein Dörtes. Wie vor einer Maschinerie, deren Technik mich verwirrt.

26.6.50 Gerhard

Wovor fürchte ich mich? Vor dem blonden Mädchen, das ich liebhabe? Ja, vor ihrem Trotz und ihrer Unempfindsamkeit. Vor meiner Schwäche. Hab ich nur ihr Bild lieb, und den Menschen nicht? Doch, ich habe den Menschen lieb. Warum fürchte ich mich? Fürchte ich die Korrektur meines Wesens?

Dörte

Viel Liebe zu Haus, besonders von Mutti und Bärben, ganz beschämend, so still und selbstverständlich. Ich soll von den Haushaltsarbeiten abgezogen werden. Nun wird's ernst! - Im Burkhardhaus bei Frl. Baer. Ich bin so schüchtern, dabei hätte ich mit ihr so viel Gemeinsames, sie so viel zu fragen.

27.6.50 Gerhard

Brief vom Konsistorium *(der kirchlichen Finanzbehörde)* an den Studenten der Theologie Gerhard Kühn:

„… Jedoch müssen wir Sie darauf aufmerksam machen, dass wir während der vor Ihnen liegenden praktischen Ausbildungszeit nicht in der Lage sein werden … auf den Umstand Rücksicht zu nehmen, dass Sie verheiratet sind. Wir machen Sie darauf aufmerksam, dass wir angesichts der finanziellen Notlage der Kirche nicht imstande sein werden, Ihnen in etwaigen Notlagen Unterstützung zu gewähren. Wir müssen vielmehr Ihnen die volle Verantwortung für den beabsichtigten Schritt überlassen. Im Übrigen hegen wir den herzlichen Wunsch, dass Ihre Verheiratung zum Segen für Sie, Ihre künftige Gattin und die Gemeinde, in der Sie einmal berufen werden, gereichen möge ..."

Ehezeit

29.6.50 Polterabend mit der Jungen Gemeinde
30.6. Trauung durch Dörtes Vater mit Hochzeitszug zur Dorf-
kirche Lichterfelde, abends Polonaise
1.7. Hochzeitsreise nach Buckow in der Märkischen Schweiz
13.7. Einzug in die eigene Wohnung im Dahlemer Weg in
Zehlendorf, fünfzehn Fußminuten entfernt von den Eltern.

Aus den folgenden zwei ersten Ehejahren gibt es nur sehr spär-
*liche Aufzeichnungen von **Gerhard**, der weiterhin in psycho-*
analytischer Behandlung bei Dr. Scheunert ist, fleißig seine
Träume notiert und immer wieder an seiner gefühlten Unfä-
higkeit verzweifelt, sein Studium und sein jetzt selbständiges
Leben mit Dörte in den Griff zu bekommen.

Dabei schafft er jetzt, peu a peu, ein Examensbausteinchen
auf das andere zu legen, zum Teil sogar mit guten Noten.
Aber immer überzeugt, dass er eigentlich nichts weiß, nichts
kann und überhaupt nicht in den illustren Kreis der Theolo-
gie-Fachleute gehört. Ein kleiner Schriftsetzer, der sich in der
Tür geirrt hat. Aber er macht trotzdem immer weiter, quält
sich durch bis zum Examen, weil er es seinem Gott schuldig
ist, der ihn berufen hat – und natürlich der Familie und sei-
nen Förderern, die ihn all die Jahre unterstützt und getragen
haben. Ein Marathonläufer darf einfach nicht kurz vor dem
Ziel aufgeben.

*Von **Dörte** gibt es bis zur Geburt des ersten Kindes gar keine Aufzeichnungen mehr. Während bei Gerhard nach der langen Wartezeit ja so eine Art Torschlusspanik kurz vor der Hochzeit ausbricht, scheint sich Dörte auf die Selbständigkeit gefreut zu haben. Vor allem darauf, jetzt endlich als erwachsene Frau auch Mutter werden zu können. Der Trauspruch des Vaters deutet ganz eindeutig in diese Richtung: Die Ehe soll „Frucht bringen"! Die Eltern hatten mit acht Kindern die Messlatte schon sehr hoch gesetzt, da musste man sich dranhalten als älteste Tochter. Sexualität war irgendwie unheimlich und unverständlich, aber anscheinend hinzunehmen, wenn man Frucht bringen wollte. Tapfer hatten es beide geschafft, allen Anfechtungen zu trotzen und sich „das Letzte" für die Ehe aufzusparen. Das fiel Gerhard besonders schwer und er litt immer wieder darunter.*

Jetzt ist alles erlaubt, wie hatte Gerhard sich darauf gefreut. Nein, jetzt ist es sogar Pflicht, damit man auch Frucht bringt. Und eben dies macht die Sache dann wieder kompliziert und fördert nicht gerade ein lustvolles und entdeckendes Miteinander. Über allem schwebt immer bei beiden ein enormer religiöser Überbau, der es schwermacht, Wünsche und Befindlichkeiten „nüchtern" (so wie sie es beide öfter formulieren) auszutauschen und auszuhandeln.

30.6.50 Gerhard

Nun sind wir Mann und Frau. Bis an unser Lebensende. Gott wolle uns behüten. Trauspruch: „Ihr habt mich nicht erwählet, sondern ich habe euch erwählet und gesetzt, dass ihr hingeht und Frucht bringet und eure Frucht bleibe …" (Joh. 15, 16)

1.7.50 Gerhard
Am frühen Morgen Hochzeitsreise nach Buckow in der märkischen Schweiz. Wir verwundern uns immer wieder, dass wir nun Mann und Frau sind.

10.7.50 Gerhard
Traum: Ich leblos, unfähig zu sprechen, Mumie, in den Händen des feindlichen Arztes. Er kann alles mit mir machen. Mich erdrosseln. Mama bei mir. Sie ist böse und zankt. Dann Traum mit Hund, der uns hetzt. - Am Morgen im See baden. Ich nackt, da Badehose verloren.

13.7.50 Gerhard
Umzug in den Dahlemer Weg. Bis in die Nacht hinein. Wir sinken todmüde, aber froh über die eigene kleine Wohnung auf die Couch.

16.7.50 Gerhard
Heut haben wir schon etwas Klarheit in der Wohnung. Morgen beginnt Dörtes Dienst als Organistin. Hilf uns, Herr, dass wir uns das Leben nicht schwerer machen, als es ist.

26.7.50 Gerhard
Zwischenprüfung bestanden.

25.8.50 Gerhard

Bescheinigung: „… dass er seit Mai 1949 bei mir in einer Gruppe von Konfirmanden tätig ist, die ihn sehr schätzen, da er es vorbildlich versteht, in lebendigem Konnex Mädels und Jungen für den Stoff zu interessieren … So erscheint er mir für die Erteilung von Religionsunterricht ganz besonders gut geeignet, ich möchte ihn dem Erziehungsausschuss sehr warm empfehlen.
Propst Rhein, Pfarrer der Pauluskirche."

27.8.50 Gerhard

Ich bin im Traum ein Mädchen von Kind an. Ein Drahtglied wird mir angeschnallt. Wie ein eingesteckter Trichter. Den trag ich.

30.8.50 Gerhard

Traum: Rutschbahn. Auf nackten Füßen. Dörte zuerst hockend. Ich stehend. Unten taste ich an Wänden von Teergeruch und Carbolineum. Ich bin in der Rolle Ursels und empfinde die Frische Wolfgangs angenehm.

30.10.50 Gerhard

Ich bin sehr müde und sehne mich nach seelsorgerischer Aussprache. Ob ich dieses Studium je schaffe?

Dr. Scheunert: „Sie müssen aus dem Muttersog heraus."

Antrag auf Kohle im Sozialamt. Antrag auf Stipendium

4.1.51 Gerhard

Ursel hat ihr zweites Kind geboren, einen Jungen.

19.8.*51 Dörte* an ihren Vater:

Fahrradtour in die Lüneburger Heide

Von Dreilinden (Berliner Grenzübergang) sind wir Freitag von einem Laster Richtung Hannover mitgenommen worden. Gegen 20 Uhr wurden wir kurz vor der Stadt abgesetzt. Da haben wir uns dann durchgefragt zu Tante Leni, die wir schon aus dem Schlaf wecken mussten. Nach vielem Hin und Her konnten wir dort übernachten. Tante Leni war rührend um uns besorgt. Bis gestern Mittag blieben wir dort, haben uns einen Jugendherbergsausweis besorgt (die Preise sind schwindelerregend) und versucht, nach Wennigsen zu kommen, doch ohne Erfolg. Heute Nacht haben wir im kleinen Zelt im Wald übernachtet und ganz früh im See gebadet. Jetzt werden wir gleich losstrampeln Richtung Heide…

März 1952 Gerhard

Ich arbeite an meiner Examensarbeit. Gott gebe es so, wie er's will. Mir den Beruf und meiner lieben Frau das erste Kindlein.

Das erste Kind

1.6.52 Dörte

Heut Nacht froh ins Martin-Luther-Krankenhaus in Schmargendorf: Ein Pfingstsonntagskind sollt ich gebären! Ganz getrost und mutig bis zum Nachmittag, wo ich im Kreißsaal lag. Plötzlich Gedanken gegen Gott: Gott hat nie geboren, Gott ist kein Weib, kennt d i e s e Schmerzen nicht. Dann konnte ich mich fallenlassen, ging fast durch den Tod. Nur den einen Gedanken: Wenn ich auch sterben muss, dass nur das Kind lebt! Mich ganz aufgegeben. Dann kam es heraus: zappelnd, blau, wurde an den Beinen gehalten. Ein Mädchen! Gott, dafür lohnt das Leben! Nach dem ersten Schrei fast ohnmächtig vor Freude, konnte nur stammeln und schluchzen. Alles andere so gerne ertragen bei der Musik meines Kindes. Ist es ganz gesund? Ganz heil, ein gesundes Kind! Du Pfingst-sonntagskind, du Herz aus meinem Herzen, Gott hat dich mir geschenkt. Es ist kaum zu fassen.

3.6.52 Dörte

Gestern Abend hat es zum ersten Mal getrunken. Genau wie ihre Mutter ist sie: ein pommerscher, ungeschickter Dickschädel, will einfach nicht trinken. Heute hoffe ich, dass es mit Schwester Gretes Hilfe geht.

4.6.52 Dörte

Es ging, zwar mit viel Schütteln und Aufwecken, aber es ging! Heute gut getrunken. Es ist ein seliges Gefühl, ihm alles Gute, was man hat, geben zu dürfen. Beim Aufwachen noch Traum: Bin ich wirklich Mutter? Habe ich wirklich eine Tochter? Es gibt schon eine richtige Verbindung zwischen uns beiden, fast wie ein Funke, der überspringt, wenn sie bei mir liegt. Könnte weinen vor Freude, Tränen des Glücks. Jetzt alle Geburtsschmerzen vergessen, nur das Glück ist geblieben.

5.6.52 Dörte

Richtiger kleiner Säufer, wie Schwester Grete sagt, so viel getrunken! Den ganzen Tag kreisen die Gedanken um das Kind. Nie bin ich einsam. Wenn sie mir abgenommen wird, versuche ich Kraft zu schöpfen im Schlaf zum nächsten Nähren. Fast ist es noch, als ob sie in meinem Leibe wäre, so eng schmiegt sie sich nach dem Schlaf an mich.

7.6.52 Dörte

Zum Bettmachen heute das erste Mal aufgestanden. So wackelig, dass ich mich kaum aufrecht halten kann und gleich auf den nächsten Stuhl zusteuere. Aber dankbar, dass es jetzt aufwärtsgeht.

8.6.52 Dörte

Nachmittags Gerhard hier. So eine innige Begegnung allein mit ihm, wenn's nur mit den Augen war, habe ich mir lange gewünscht. Traurig sieht er aus, abgezehrt. Möchte ihm so gerne bald nahe sein, dem Lieben. Heute ist unser Töchterlein eine Woche alt. Zum ersten Mal sieht sie mich klar, tut ihre Äuglein weit auf.

11.6.52 Dörte
Heute mein ursprünglicher Nach-Hause-Geh-Tag. Sonnabend darf ich bestimmt! Heute mal im Stuhl gesessen, aber fast umgefallen nach einiger Zeit. Dass man so klapprig ist! Nachmittags Gerhard hier, findet unsere Tochter „süß". So froh über das goldige Wesen. Nasenpartie vom Vater geerbt.

14.6.52 Dörte
Früh im Krankenhaus wurde nochmal meine Naht untersucht und für so gut befunden, dass ich entlassen werden konnte. Gerhard und Mutti zum Abholen. Großer Trubel. Endlich sind wir im Auto. So ein seliges Gefühl, nun mit diesem Päckchen nach Haus zu dürfen, um an ihm meine Lebensaufgabe zu erfüllen als Mutter. Könnte Gerhard umarmen, könnte weinen vor Freude.

In Lichterfelde wartet alles, alle wollen sie sehen. Sie schläft, lässt sich gar nicht stören. Abends baden wir sie zum ersten Mal. Zuerst ist sie erschrocken, dann vergnügt im Wasser. Großvater *(ein leidenschaftlicher Ostsee-Schwimmer)* sagt: „Ganz meine Enkelin!"

18.6.52 Dörte

Jeden Tag macht sie neue Fortschritte. Jetzt sind es die Fingerchen, mit denen sehr gearbeitet wird. Ganz leise gesummt, im Takt Ärmchen bewegt, da lacht und strahlt sie. Ihr vieles Schreien macht mir Kummer. Weshalb schreit sie? Immer die Nächte fast durchgeschrien.

19.6.52 Dörte

Gerhard schon morgens hier. Kann ihm das Unaussprechliche, was ich für ihn zum Geburtstag erbitte, nicht sagen, nur in der Umarmung fühlen lassen. Wird mir schwerfallen, nachher als Mutter noch genug Zeit für Gerhard zu haben, ganz seine Frau zu sein.

21.6.52 Dörte

Jeder, der unser Kind sieht, ist erstaunt, wie kräftig es trotz seiner Zartheit ist, so hoch das Köpfchen hebt, so kräftig strampelt, dass an einem Fußgelenk die ganze Windelgeschichte hängen bleibt. Unser Blauäuglein! Was meinst du, will aus diesem Kindlein werden?

24.6.52 Dörte

Nun für ein paar Tage in unserer Wohnung im Dahlemer Weg. Zuerst Angst vor der Enge hier, aber Gerhard hilft rührend. Dann Angst vor Zug, Angst vor Hitze, Angst vor Kälte. Aber das Kindel gedeiht tagsüber unterm Nussbaum und abends im Wäschekorb. Die Hausbesitzerin ist wie eine Großmutter um das Kind.

5.7.52 Dörte
Cordel, jetzt Tante. Ihr großes Staunen über die Nichte.
Wagt kaum, näher an ihr Körbchen zu gehen. Ist ihr wie
ein Wunder.

7.7.52 Dörte
Gestern große Taufe. So erledigt war ich hinterher, dass
ich noch einen Tag länger in Lichterfelde bleiben will.
Kann mich auch schwer von Mutter und aller Liebe
trennen.

9.7.52 Dörte
Gerhard hat in unserer Wohnung alles so nett fertig
gemacht. Zuerst hatte ich noch Heimweh nach Mutter,
aber dann froh als selbständige Frau und Mutter.
Gerhard nimmt mir rührend viel Arbeit ab.

14.7.52 Dörte
Gerhards Examen rückt immer näher. Ich kann mich gar
nicht so um ihn kümmern.

28.7.52 Dörte
Gerhards Examen bei großer Hitze. Abends kommt er
erschöpft zurück. Meint, die Klausurarbeit sei nicht
gut gelaufen. Habe Sorge um ihn. Das Kindel schreit,
trinkt, all unsere Sorge teilt sich ihm mit. Gerhard
legt sich hin, isst nichts, trinkt nichts, meint, es sei
aus.

30.7.52 Dörte

Gerhard hat die Klausuren nicht bestanden, wurde eher nach Hause geschickt. Er stimmt unser Spinett und spielt.

31.7.52 Dörte

Es kommen Beileidsbesuche. Da wird der ganze Schreck klar. Wir müssen selbst Pfarrer Rhein trösten.

12.8. Dörte

Wir fahren zu Cordels Geburtstag, gratulieren ihr im Bett.

Unser Kind jetzt immer so lange wach, mit sich allein beschäftigt, alles um sie herum zu ergründen, sie tastet den Wagen ab, schaut die Gesichter an und sieht mir in die Augen und lächelt. Das ist so süß, so lächelt sie bei keinem.

17.8.52 Dörte an ihren Vater, der sich im Rheinland aufhält

Gerhard hat nun heute seine Examenspredigt gehalten. Er ist nicht zufrieden, aber ich glaube, es ging doch ganz gut. Er versucht, immer mal für kurze Zeit von seinen Büchern loszukommen, aber leider gelingt das selten. Nicht mal ein Tag Wannsee ist drin. - Das Kindel gedeiht weiter gut, sie steht den ganzen Tag unter dem Nussbaum und guckt mit großen Augen zu den Blättern auf und jauchzt, wenn der Wind dreinfährt. Sie erzählt auch schon so niedlich, allein für sich und lacht dann über das ganze Gesicht, wenn ich bei ihr bin.

1.9.52 Dörte

Heute ist unser Kindel selbständig geworden, hat ihr Glöcklein, was an einer Kordel über dem Körbchen befestigt ist, zum Klingen gebracht und solche Freude daran bekommen, dass es immer wieder damit gespielt hat. Ihre Eltern juchzten vor Freude, wie damals, als ihr Kind sie zum ersten Mal angesehen, erkannt und gelächelt hat.

Sie ist die Bravheit selber: In der Nacht schläft sie, oft bis in den hellen Morgen hinein, trinkt dann tüchtig, schläft, bis sie in den Garten kommt. Dann guckt sie mit großen Vergissmeinnicht-Äuglein in die Zweige des Nuss- oder Kirschbaums, lächelt still vor Freude und wartet geduldig, bis Mutter es zum Baden holt. Beim Ausziehen strampelt sie vor Freude, so froh ist sie, alle Sachen los zu sein und ins Wasser zu kommen. Empört ist sie, wenn sie rausgeholt und gewickelt werden soll. Nach dem Trinken kommt das gemütliche Plauderstündchen. Danach geht es wieder in den Garten zu den sich wiegenden Blättern, und bald schläft es unter dieser Musik friedlich ein und wacht erst auf, wenn Mutter es zur Mittagsmahlzeit holt.

1.10.52 Dörte

Heute ist sie ein großes Mädchen von vier Monaten. Ihr Vater ist in Biesdorf, um Äpfel fürs Kind zu holen. Neuerdings bekommt sie Breichen, besonders gut schmecken ihr die Kartoffeln, da wird gestöhnt vor Wonne. Bald wird's mit dem Krabbeln losgehen. Vater vergisst über dem Sonnenscheinchen seine Examensarbeit, Mutter über ihrem Stimmchen ihre Chor- und Hausarbeit. Das Glöckchen bimmelt jetzt kräftig. Es ruft: Ich bin aufgewacht und ganz munter und lustig. Manchmal ruft es auch, komm schnell und gib mir zu trinken, ich habe großen Hunger. Dann ist die Hand an der Blusenkordel, wie um „Abfahrt!" zu sagen.

22.10.52 Dörte

Examen mit „genügend" bestanden bei „guter" Predigt und „recht guter" Katechese, aber Ausfällen in Ethik und Kirchengeschichte. Bei der Hausarbeit wird ihm attestiert, er sei „im Stoff ertrunken" und hätte bei Übersetzungen aus dem Lateinischen „polizeiwidrige Schnitzer" gemacht. Aber bestanden ist bestanden!

5.11.52 Dörte

Unser Kind entwickelt sich zur Sportskanone. Seit gestern kommt sie vom Rücken auf den Bauch und erzählt dann laut von ihrer Heldentat. Inzwischen können wir gut unterscheiden: Freudenlaute, ganz hoch und strahlend, unterbrochen von richtigem Gelächter, und ernsthafte Erzähllaute, die sich wiederholen, damit die Eltern auch alles verstehen. Nicht zu vergessen die Drucklaute als Signal für die Eltern. Und gegriffen wird alles, was in ihre Nähe kommt. Besonders beliebt sind Windeln, überhaupt Stoff und Mutters letzte Haare.

16.11.52 Gerhard

Ich bin nun Vikar in der Gethsemanekirche im Ostsektor unserer Stadt. Fahre morgens rüber, komme abends zurück. Ich bekomme 170 DM Ost.

15.1.53 Dörte

Jetzt schlafen Mutters beide Lieben, da kann sie ungestört schreiben. Viel ist inzwischen passiert. Das Kind ist das erste Mal krank gewesen. Der Arzt riet, Hungern und an der Brust trinken. Und siehe da, der Durchfall wurde schlimmer. Oft sind wir bei Dr. Kayser gewesen, im Wartezimmer die Wonne aller Kinder, so freundlich sah es drein. Aber sobald es den weißen Kittel sah, schrie es so furchtbar, dass Mutter und Doktor machtlos waren. Als das Kind in Lichterfelde bei der Oma war, weil ich orgeln musste, wurde es mit einem festen Breichen gefüttert. Und von da an wurde es besser. Am dritten Advent kamen schon die ersten Zähnchen, inzwischen scharf, wenn es nicht schnell genug geht beim Trinken.

In der Adventszeit hatte das Kindel jeden Abend vor dem Gutenachtlied den Adventskranz ans Bett bekommen. Große Augen hat's gemacht und sich gefreut über das warme stille Licht. Aber erst zu Weihnachten, wie haben die Äuglein geglänzt! Noch am nächsten Tag erzählte es mit ernstem Gesichtchen: „Da, da, da!" Die Tanten stehen dann, eine nach der anderen, hinter der Tür und lauschen.

Und jetzt, in unserem Zehlendorfer Zuhause, ist das Kindel Vaters und Mutters Alltagstrost. Es erzählt „Papp papp", sicher hängt es mit dem Breichen zusammen, denn ihr Appetit ist nicht zu stillen. Von jetzt an bekommt sie nachmittags ein Fläschchen, das sie mit beiden Händen greift und selbst solange regiert, bis die 200 Gramm im Bäuchlein glucksen. Am liebsten möchte sie schon stehen und das Sitzen überspringen, aber die Beinchen machen noch nicht mit.

6.2.53 Dörte

Seit Februar sitzt sie allein, kann sich aber noch nicht hinsetzen, sondern nur sitzenbleiben. Ihre Versuche lassen aber trotz mancher roter Stelle nicht nach, denn wozu sind die Stäbe am Bettchen da? Wenn Mutter ihr die Hände reicht, macht sie ein Schelmengesicht und schon steht sie auf den Beinen und klettert ihr auf dem Bauch herum. Wenn wir dann wieder sitzen, ist Mutters Nase besonders interessant. An ihr und an den Haaren wird mit Wonne gezogen. Singen hört sie über alles gern. Wenn's beim Wickeln gar nicht klappt, summt Mutter, dann ist's Kind ruhig und das Abendlied begleitet sie mit ihrem Stimmchen so, dass Vater immer lachen muss.

11.3.53 Dörte

Sie steht! Immer wenn wir aus Lichterfelde kommen, ist sie besonders animiert und so auch diesmal. Da prüfte sie abends noch die Stäbe ihres Bettchens. Am nächsten

Morgen wurden die Versuche fortgesetzt, sie fasste höher und höher, probierte, es hielt, zog sich allmählich daran hoch. Natürlich plauzte sie gleich hintenüber, aber das schreckte sie nicht. Schließlich stand sie fest auf den Beinen, aber stand und stand und wurde müde, wollte runter und konnte es nicht. Da schrie sie jämmerlich.

Schon am nächsten Tag wurde das erste Schrittchen am Gitter langgemacht und jetzt läuft sie tüchtig herum, steht mit einer Hand nur am Gitter, setzt sich alleine hin, hebt sich im Stehen sogar etwas vom Boden ab. Zu süß ist es, wenn Vater sich im kleinen Zimmer hinlegt, sie aber Unterhaltung wünscht. Dann lässt sie die Beine vorm Gitter baumeln, guckt durch die Stäbe, ihr Fensterlein, und kräht – laut und leise – guckt dabei unverwandt ihr Gegenüber an, ob es nicht endlich hört.

Mit der Futterei will sie nicht mehr viel zu tun haben, höchstens Obst und Saft und Brot. Die Mohrrübchen lässt sie sich geben, um, wenn der Mund voll ist, alles mit einem lauten Prusch auf sich und Mutter zu spucken. So sehr Mutter sich anstrengt, von allem etwas auf den Löffel zu nehmen, sie merkt es und schwupp ist alles draußen. Draußen im Wagen liegen geht auch nur noch beim Schlafen, sonst stellt sie sich auch dort aufrecht und wippt, dass Mutter fast Krämpfe kriegt.

24.4.53 Dörte

Heute ist endlich mal ein ruhiger Abend. Sie schläft. Hat jetzt ein Ställchen, in dem sie tagsüber rumtobt. Im Garten entdeckte Mutter heute, wie sie sich vom Ställchen aus Baumrinde, Erde und Gras holte und in das Mäulchen stopfte. Sie sah aus wie ein Mohrenkind. Braun ist sie sowieso, dazu machen sich die paar weißblonden Härchen witzig. Sie macht jetzt alles nach. Schon vor einiger Zeit hatte sie in Lichterfelde gelernt, „Döte" und „Dehard" zu sagen, mit „Titta" (Opas Taschenuhr) bezeichnet sie alles, was blank ist und pendelt. Dann kann sie noch, natürlich immer, wenn wir auf Besuch sind, mit furchtbarem Stöhnen „A-a". Seit gestern hat sie sich bei uns das Händefalten abgeguckt und übt fleißig. Unsere liebe Älteste, was wirst du zu deinem Geschwisterchen sagen, was jetzt bald kommt?

2.6.53 Dörte

Gestern die erste Geburtstagsfeier, ein wenig merkwürdig war ihr zumute, aber irgendwie fühlte sie sich doch als Hauptperson. Vater und Mutter sangen ihr morgens ihr Liedlein, zündeten feierlich die Geburtstagskerzen an und zeigten ihr Tischlein, worauf sie sich gleich stürzte um die schönen Sachen mit Mund und Händen zu fühlen. Fein thronte sie beim Geburtstagskaffee auf ihrem neuen Kinderstühlchen zwischen den Großeltern. Sogar Bilderbücher hat sie bekommen, aus denen sie – wie sie's bei den Eltern gesehen hatte – mit hellem Stimmchen ganz ernst sang und dauernd blätterte. Und die vielen Blumen! Jedem zeigte sie: „Da Habtschi – da Habtschi!" Nur das feine Blumenkränzchen von Tante Cordel wollte nicht auf dem Kopf bleiben.

7.6.53 Dörte
Heute ist Mutti den ganzen Tag beim Herzlein, denn es ist zum ersten Mal sehr krank. Ganz hohes Fieber und ein wundes Ärmchen von den Pocken. Nachts muss Mutter seine Lippen feuchten, immer wieder schreckt es hoch und ist ganz matt und elend. Inzwischen erkennt es Mutter aber und lächelt hinüber. Wenn sie ausgeschlafen hat und morgens auf dem Töpfchen thront, ist sie wieder voll Unternehmungslust. Da sieht sie ihren neuen Stoffhund und bellt ihn an: „Hau au!" mit tiefem Stimmchen, gleich darauf kommt ein ganz zärtliches „ei ei", dazu ein liebkosendes Streicheln ihrer Händchen. Alle, die in ihre Nähe kommen, streichelt sie mit „ei ei". Doch wehe, wenn die Haare zu nahe sind, dann zieht sie ohne Zärtlichkeit.

17.6.53 Aufstände in Ost-Berlin. Dörte wartet voller Angst auf Gerhards Rückkehr aus Ostberlin. Von da an wurde es schwieriger, als Vikar „drüben" zu arbeiten.

Wegen der bevorstehenden Geburt des zweiten Kindes wird Dörte und Gerhard die schöne Wohnung mit Garten und Nussbaum gekündigt, sie finden eine Wohnung in Schmargendorf in der Haydnstraße.

Buba

19.7.53 Dörte

Nachdem unsere neue Wohnung in der Haydnstraße
gerade fertig eingeräumt ist, ich mich sauber geschrubbt
und noch ein Weilchen hingelegt habe, fahren wir ins
Krankenhaus, an sich ohne Angst, mit Freude auf das
Kindlein. Bis zu den schlimmsten Wehen ging es auch
gut, dann verlor ich die Nerven. Geschämt habe ich mich
hinterher dafür. Aber der Augenblick, als das Kindlein
heraus war aus der dunklen Hülle und anfing zu schrei-
en, dazu Schwester Ida sagte: „Ein Junge!", war unge-
heuer. Da durchströmte mich ein Glücks- und Jubel-
rausch, dass man stöhnt vor Freude und lacht und weint
und zittert und bebt und es gar nicht fassen kann. Wenn
ich jetzt mein Kind im Arm halte, kann ich mich nur
dunkel an die Qualen und Ängste vorher erinnern. Allerdings wurde es nachher noch schlimm, ehe die Nachgeburt kam und nach der Narkose, als ich so stark blutete
und immer neue Eisbeutel und einen Sandsack auf meinen Bauch bekam.

22.7.53 Dörte

Süß ist unser Sohn, der Oberfaulpelz im Kinderzimmer,
der dauernd schläft, sich räkelt, trinkt und wieder schläft.
Nach anfänglichem Versagen trinkt er jetzt gut, manchmal so viel über den Etat, dass er doll spuckt. Wenn ich

ihn während des Trinkens sacht kitzle, um ihn nicht einschlafen zu lassen, lächelt er. Ein ganz feines, süßes Mündlein mit einem Grübchen im Kinn verzieht sich dann. Ach, mein Herzenskind, um deinentwillen hat Mutter gerne alle Schmerzen auf sich genommen.

25.7.53 Dörte
Heute das erste Mal auf. Wacklig, ganz wacklig auf den Beinen, wie voriges Jahr. Doch ich gebe mir Mühe, will bald nach Haus. Ich glaub jetzt, er ist mein Sohn, die Nase, die Lippen, das Kinn, die Hände, die langen Arme, das ist von mir.

26.7.53 Dörte
Er trinkt gut. Gestern Abend habe ich ihn zum ersten Mal selbst aus dem Kinderzimmer geholt. Nachmittags Besuch: Cordel will ihren Neffen sehen, Bärben, Nina, dann Gerhard und Mutti. Zweimal war ich schon im Garten, nur die Naht tut noch sehr weh.

28.7.53 Dörte
Er trinkt brav und macht von Tag zu Tag mehr seine hellblauen Guckerchen auf, wie zwei Sternchen. Schreit jetzt kräftig, wenn er nicht gleich beim Wachwerden seine Mahlzeit bekommt.

Dörte bittet die Kirchengemeinde in Zehlendorf, sie nur noch mit reduzierter Arbeitszeit zu beschäftigen, da sie sonst ihre beiden Kleinkinder nicht versorgen kann. Das scheint schwierig zu sein, so dass ihr zum Jahresende gekündigt wird.

21.8.53 Dörte an ihre Mutter

Morgen kommt der Heimkehrer, auf den ich die ganze Woche schon warte, unsere große Tochter! Mutter Kühn füttert mit ihr zusammen immer die Hühner. Sie greift mit beiden Händen in die Schüssel und streut die Körner zwischen die Hühner. Sie soll in Biesdorf ein Musterkind sein, sauber und mit gutem Appetit.

Buba ist ein braves Kerlchen. Er hat eigentlich immer Hunger, oder, wenn er satt ist, Verdauungsstörungen. Schreien tut er selten, er ist ordentlich gewachsen. Schwester Maria *(Bubas junge Patentante aus Dörtes ehemaligen Zehlendorfer Chor, in der Krankenschwesterausbildung, die später einmal an Dörtes Stelle treten wird)*, die uns gestern besuchte, war ganz erstaunt. Ich freue mich an seinen runden Bäckchen. Ein sehr empfindlicher Herr ist er. Nass und erst recht schmutzig, auch wenn's nur ein Kleckschen ist, bleibt er nicht liegen, ohne mordsmäßig zu schreien. Wenn ich ihn dann ausgepackt habe, äußert er sein Wohlbehagen in süßen Lauten und bewegt dabei seinen Mund so, als ob er mir viel erzählen wollte.

Morgens ist er unser Hahn. Wenn der Morgen so um 3 Uhr graut, meldet er sich, dann lege ich ihn trocken und stelle ihn, um Gerhard zu schonen, in die Küche.

Manchmal gönnt er uns noch etwas Schlaf. Es ist alles so neu und ganz anders als bei seiner Schwester, und froh macht es mich, dass das Kerlchen so gedeiht.

6.9.53 Dörte

Der „Buba", wie unser Sohn von seiner großen Schwester „Abu" genannt wird, ist ihr erster Gedanke am Morgen und ihr letzter am Abend. Sie fiebert vor Erwartung, wenn Mutter kommt und sie ihn streicheln darf mit einem zärtlichen „ei ei". Mutter muss ihn sehr in Acht vor ihr nehmen, zu gerne würde sie sonst das Körbchen einfach zur Seite kippen, um den lieben Buba zu sehen. Weil wir jetzt in einem Mietshaus wohnen, muss ich mit beiden ausfahren. Das ist nicht einfach. Abu schiebt den Wagen, aber alle paar Schritte läuft sie nach vorn, guckt hinein und fragt Buba, ob er noch still drinliegt.

Das ist das zweite Ereignis: Seit dem 1. Juli läuft sie richtig, im Tietzenweg in Lichterfelde hat sie es gelernt und sich sogar an der großen Treppe versucht. Hier nun geht jeden Morgen „Butti" mit Abu Milch holen. Im Geschäft muss Mutter sie fest an die Hand nehmen, denn sonst ist sie gleich hinter dem Ladentisch auf Entdeckungsreise. Besonders liebt sie Obstgeschäfte, die ihr Obst vorne ausgestellt haben, da rennt sie, greift hinein und lässt es sich schmecken. Beim Gemüseputzen, Kartoffelschälen usw. ist sie stets zur Stelle und futtert alles.

6.12.53 Dörte

Abu hat ein Püppchen von Cordel, das ist ihre ganze Wonne. „Pippi" muss bei ihr schlafen, wird mit gewaschen, muss lesen, mittanzen („Tanz mein Pippi"), es muss sogar A-a machen.

Mutter zieht Abu aus. Strümpfe ausziehen ist eigentlich ihre Arbeit. „Kann mein Kind denn schon Strümpfchen ausziehen?" Sie guckt schelmisch, schüttelt den Kopf und sagt: „Nein!" Weil Mutter sich das Lachen nicht verkneifen kann, muss das Ganze wiederholt werden. Dann hat sie die Strümpfe aus.

Wenn Mutter Buba vormittags, wenn er noch im Böxchen ist, zu essen gibt, weiß sie, dass Mutter dazu das Fußbänkchen braucht. Sie hebt strahlend das Bänkchen hoch und ruft „dati", da ist es! Wenn Buba dann futtert, muss sie auch ihr Schnittchen haben. Und zärtlich ist sie, ein echtes kleines Mädchen! Manchmal kneift und haut sie Mutter, und wenn die dann traurig ist, kommt sie, schmust und schenkt Küsschen.

Viereinhalb Monate ist der Buba schon alt, ein großer, kräftiger Bursche, der strampelt, mit Wonne auf dem Bauch liegt, und am liebsten, wenn er nur könnte, loskrabbeln würde. Und ein liebes Bürschlein, ein freundliches, das eigentlich immer nur lächelt. Natürlich, wenn er ins Säckchen gesteckt, nach draußen soll, krakeelt er. Ebenso, wenn er Hunger hat, denn futtern kann er immer!

Abu liebt er sehr. Wenn sie sich noch so sehr auf ihn stürzt und ihn unsanft anfasst, er ist es zufrieden, dass er sein Schwesterchen bei sich hat. Große Freude macht es Mutter, wenn die beiden abends in der „Speisekammer" (Kinderzimmer) zueinander gewandt ihre Däumchen lutschen, bis sie einschlafen.

Ein Stimmchen hat der Buba wie ein Marktschreier, der seine Ware anpreist. Wenn er ziemlich satt ist, wünscht er Unterbrechung der Mahlzeit und sagt auf seine Art – und Mutter versteht – „Danke schön, liebe Mutter" und erzählt ihr mit ernster, gewichtiger Miene. Erst war es „erre erre" wie bei Abu, jetzt sind es oft ganz tiefe Laute, dazwischen plötzlich ein heller Juchzer.

17.1.54 Dörte

Der kleine Kerl ist jetzt fast so groß und rund wie sein Schwesterlein. Er futtert Breichen, strampelt, spielt mit seinem Häschen und seinem Weihnachtsglöcklein und ist den ganzen Tag fröhlich, gurrt und kräht vor sich hin. Abu bringt ihm ihr ganzes Spielzeug, so lieb hat sie ihn, streichelt ihn jetzt ganz zart und Buba erwidert diese Liebe mit einem strahlenden Lächeln. Beide Kinder sind jetzt mit Mutter im Tietzenweg, weil Vater seine Examensarbeit schreibt.

Hier kennt Abu alle: Morgens geht es mit Bolla (Cordel) ins „Hma-Bett" (Omabett), vorher topft sie auf „Bopape Pot" (Großvaters Topf). Die Tanten Baben, Nina und Tine sind nicht zu verachtende Spielgefährten. Eine Haustochter wird sie, in der Küche räumt sie bei den Tabletts und Kochtöpfen auf, öfter liegt eine von ihr angebissene Kartoffel drin, und Ata und Seife braucht sie zum Saubermachen. Nun wünschen wir uns ein schönes, großes Kinderzimmer, wo Abu sich austoben kann, wenn wir eine Pfarrwohnung bekommen.

19.1.54 Dörte
Buba ein halbes Jahr alt. Wie anders er ist als seine Schwester, wie überraschend anders, und wie lieb Mutter auch dies andre hat! So freundlich und sanft ist der Buba trotz seiner heftigen Bewegungen, während sie damals wild wie ein Bürschchen war. Mit seinen Händen und Füßen kann er stundenlang spielen, und noch ein Spielzeug dazu, das ist die Höhe der Wonne! Seit zwei Tagen hat er begriffen, wobei es beim Abhalten geht. Jedes Mal fängt er nach einem freundlichen Lächeln an zu drücken. Und wenn's noch so ein kleines Ostereichen ist, er liefert etwas!

14.3.54 Dörte
Abu ist „bese", haut sich tüchtig auf die Backen, nachdem sie es bei Mutti versucht hatte in ihrem Zorn. Da hat Mutti ein Stückchen „Sine" in der Hand, braucht auch nur eine

„Toffel" zu sein. Im nächsten Moment legen sich zwei Ärmchen fest um Muttis Hals, unter „Mutte-lein-ßen" und „liebe Butti ei ei" wird sie beküsst und so windelweich gemacht, dass sie nicht anders kann als gut sein und ein Stückchen ins kleine Leckermäulchen wandern zu lassen.

Dauernd muss sie „beinen" und kündigt dies erst lange an „Abu beint". Zu gern hat sie es aber auch, wenn „Butti beint" und wenn sie mit ein paar „Tlaplsen" nachhelfen muss. Wenn „Butti" dann „beint", kommt sofort ein zärtlich tröstendes Streicheln „Ei Butti" Das „Aber Mutti weint so sehr" aus Hänschen klein hat sie denn auch als erstes Lied nachsingen können.

Was ist inzwischen aus unserm Buba geworden? Ein Pröppchen von 18 Pfund und einer Riesenlänge. Und Appetit hat er! Sein Tellerchen muss immer voller sein als Abus, wenn er einigermaßen zufrieden sein soll. Mit seinen drei Zähnchen knuspert er auch gerne einen Zwieback nachmittags auf Mutters Arm. Vielleicht sind es auch die Zähne, die ihm jetzt zu schaffen machen. Wenn er beim Anziehen merkt, es soll rausgehen, hoppelt er vor Freude. Überhaupt ist Hoppeln sein Hauptvergnügen, so dass Tante Cordel behauptet, er müsse vom Hasen abstammen.

In seinem Bettchen gibt er die lustigsten, manchmal auch gefährliche Vorstellungen seiner Akrobatik. Quer mit den

Beinen hoch an den Gitterstäben muss er immer liegen, aber in Variationen! Manchmal wandert der große Zeh in den Mund, die Füßchen sind überhaupt sein Spielzeug, meist aber kugelt er rum auf den Bauch und krabbelt ein wenig. Abu liebt er noch so zärtlich. Wenn sie ihn mal nicht beachtet, lässt er nicht locker, erzählt und sieht sie an, bis sie guckt. Und dann ist beider Freude groß. Süß scheint er jetzt zu träumen, unser Herzenssohn, denn schon ein paar Mal habe ich ihn im Schlaf laut lachen gehört. Das herzliebe Kerlchen mit seiner Schwester, wo werden sie großwerden, in Ostberlin?

Gerhard hat endlich sein zweites Examen nach der Vikariatszeit bestanden und wird zunächst in derselben Gemeinde am Prenzlauer Berg weiter eingesetzt, in der er sich wohl fühlt. Da er dort aber nur eine Aushilfsstelle besetzt, wird er auch in einer anderen Gemeinde in Ostberlin (Friedrichshain) gebraucht. Gleichzeitig gibt es Gespräche und Überlegungen, ihn in eine Landgemeinde am Rand von Berlin zu versetzen, denn in der sowjetischen Zone sind Pfarrer rar und die Westpfarrer wollen lieber in West-Berlin bleiben, aus verständlichen Gründen: Dort wird man in Westgeld ausbezahlt, die Arbeitsbedingungen sind deutlich leichter und die Regierung ist nicht kirchenfeindlich eingestellt. Gerhard macht dies nichts aus, er ist schon als Pfarrer ausgewählt für den idyllischen kleinen Ort Niederneuendorf an der Havel, direkt gegenüber vom idyllischen Berliner Dorf Heiligensee, wohin er 17 Jahre später als Landpfarrer versetzt werden wird. Aber dann durchkreuzen die

Behörden der DDR diese Pläne und geben ihre Zusage nicht,
sie wollen keinen Pfarrer aus dem Westen.

10.5.54 Dörte

Seit vierzehn Tagen steht Buba auf seinen Beinen. Leider kommt er besser hoch als runter, so dass er, wenn er müde wird beim Stehen, in den Knien wankt und wie am Spieß schreit, bis Mutter ihn langlegt. Jeden Abend gibt es einen Tanz. Mutter legt ihn hin, müde wie er ist, und deckt die große Wolldecke übers Bett. Doch die hebt sich plötzlich sacht und dahinter guckt ein strahlendes kleines Köpfchen vor und rüttelt und arbeitet, bis die Decke ganz am Boden liegt. Das wiederholt sich dann einige Male.

1.6.54 Dörte

Abu heute zwei Jahre alt! Ein großes Mädchen, das seinen Geburtstag schon ganz bewusst miterlebt, sogar schon Freundinnen einlädt und tagelang vor Aufregung nicht schlafen kann. Sie singt schon vorher „Wir kommen all und gratulie-ie-ie-ren unserm Abulein zum Geburtstag heut". Am Geburtstagstisch entdeckte sie bei der zweiten Strophe des Geburtstagsliedes das Pferdchen unter dem Tisch, bei der dritten Strophe saß sie schon drauf und bei der vierten hatte sie dazu eine Handvoll, und noch eine, Schokoladenplätzchen im Mund. Abu zeigte allen Besuchern stolz die Herrlichkeiten, bis sie abends sehr müde ins Bettchen plumpste.

13.7.54 Dörte

Buba ist ein prächtiger, gut entwickelter kleiner Mann. Er steht nun so sicher, dass er jede Tätigkeit in seinem Tagesablauf, am liebsten auch das Essen, im Stehen ausüben möchte. Infolgedessen hat er schon manche schlimmen Saltos hinter sich und Mutter kann ihn keinen Augenblick allein lassen. Mit dem Sprechen hapert es noch. Außer „wau wau" und „A a" kommt noch nichts Deutliches. Doch, neulich sagte er sehr laut, wie buchstabierend „Döö - te", ganz lang auseinandergezogen. Abu tadelt ihn: „Fechdächschen!" weil sie selber so genannt wird, wenn sie zur Mutter „Dörtchen" sagt. Ich spreche ihm langsam vor: „Muu – ter" und er will sich ausschütten vor Lachen. Er scheint viel von dem, was wir sagen, zu verstehen.

21.7.54 Dörte

Krankenhaus Jungfernheide. Fehlgeburt. Warum, Gott? Warum strafst du mich so? Und das kleine, unschuldige Wesen, was da leben wollte? Immer wieder quält mich die Frage. Hab hier so unbändige Sehnsucht, meine beiden Kleinen ans Herz zu drücken. Wenn ich doch nach Hause könnte!

26.7.54 Dörte

Vor einer Woche hatte unser Bubalein wunderschön seinen einjährigen Geburtstag gefeiert. Er war ein prächtiges Geburtstagskind. Kreisspiele mit Abu, Cordel, Annelene und Vetter Michael. Trotz kranken Magens, trotz Würmern und Hunger, konnte er lachen. Kurz nach seinem Geburtstag musste Mutter ins Krankenhaus. Buba wurde in den Tietzenweg geholt, Abu kam nach Biesdorf. Und Mutter im Krankenhaus sehnt sich halbtot nach ihren Kindern.

30.7.54 Dörte

Morgen geht es nach Haus. Ich sitze draußen im Garten, ein Sonnenstrahl lugt durch die Wolkenwand. Wie war es anders nach den Entbindungen, wenn man ein gesundes Kind nach Hause bringen durfte. So hat man nur sein Päckchen Schuld *(Dörte macht sich Vorwürfe, dass sie sich während der Schwangerschaft nicht genügend geschont hat)*, das an Tagen wie heute empfindlich drückt und wehtut. Der Arzt stellte heute fest, dass die Gebärmutter nicht in der richtigen Lage sitzt. Muss ich operiert werden? Darf ich vielleicht gar kein Kind mehr haben? Außerdem, wovon niemand etwas weiß, blutet die Geschichte nach der Untersuchung sehr, und mir ist noch so elend schwach auf den Beinen. Ich dachte, die schreckliche Angst vor dem Tod hätte ich etwas verloren und jetzt ist sie da, groß wie nie.

3.9.54 Dörte

Am vorigen Sonntag hat unser Bubalein die ersten Schritte allein gemacht. Nachmittags waren wir im Park, Buba schob seinen Wagen. Plötzlich lässt er den Wagen los und steuert ganz alleine, etwa sechs Schrittchen, auf Abu los, um sich ihren Laufkäfer zu holen. Noch ein paar Mal ist er am Nachmittag losgelaufen, zwölf Schritte waren der größte Erfolg. Und Abu hat gejubelt. Und Vater und Mutter auch, Nun läuft er in der Wohnung umher, die Box ist abgemeldet. Dazu erzählt er lange Enden Kauderwelsch. Ganz verständlich sagt er aber zu ihrem großen Stolz zur Mutter „Mam mam".

September 1954 Dörte: „Erlebnisse mit Abu"

Alles muss in die Sonne

Es ist still im Wohnzimmer, unheimlich still. Mutter ruft, keine Antwort kommt. Endlich guckt sie nach. Und wo ist Abu? Auf dem Notenregal, so eifrig, dass sie mein Kommen gar nicht bemerkt, steht sie und lässt einen Brief nach dem anderen aus dem Fenster flattern von Vaters Schreibtisch. Draußen regnet es. Der Luftballon liegt schon unten, der rote Ball wird hinterhergeworfen. Auf Mutters entsetzte Frage, doppelt entsetzt, weil einmal das Kind am offenen Fenster steht, weil zweitens jetzt vielleicht wichtige Schriftstücke im Regen verkommen, antwortet sie strahlend: „Brieflein in Sonne, Lukkalom in Sonne, Balla in Sonne!"

Angst

Seit sie in Biesdorf, während Mutter im Krankenhaus lag, einmal erlebt hat, dass Oma „da nich da" war, als sie morgens aufwachte und erst, nachdem sie im Zimmer an der verschlossenen Tür im Nachthemdchen viele Tränen vergossen hatte, Oma vom Einholen zurückkam, hat sie Angst, auch nur für ein Augenblickchen allein zu bleiben.

Mutter muss mal rasch auf den Dachboden, um etwas zu holen, schließt zur Vorsicht die Eingangstür ab. Kaum ist sie auf dem Boden, hört sie von unten ein fürchterliches Gebrüll, so schlimm, dass ihr schrecklichste Gedanken kommen: das offene Fenster ... ein Sturz vom Schreibtisch ... Hand zwischen der Tür ... Mutter rennt die Treppe hinunter, macht die Tür auf, nimmt Abu in ihre Arme und fragt und streichelt: „Wo hast du dir wehgetan, Herzlein?" Sie antwortet: „Mutti da nich da war!" und schluchzt und schluchzt. „Und da bist du hingefallen?" „Abu weint, Mutti da nich da war". Der größte Schmerz, dass Mutter sie verlassen hat. Ebenso auf dem Spielplatz, Abu flitzt zum geliebten Sandkasten, Mutter holt Buba aus dem Wagen und hält ihn erst einmal in die Büsche. Als sie zwei Minuten später mit ihm zurückkommt, kommt ein Herr mit dem tränenüberströmten Töchterchen, sie hatte sich schon Richtung Heimweg aufgemacht, laut vor sich hin weinend: „Mutti da nich da war."

Was Vater zu tun hat

Vater sitzt vormittags meist zu Hause hinter seinen Büchern. Abu stellt fest: „Vater Bilderbücher tucken." Wenn er sich mittags verabschiedet hat und die Tür ins Schloss gefallen ist, weiß Abu: „Vater Husbahn fa-gen" oder: „Vater eintaufen deht". Das andere Fortgehen, was sie kennt, nämlich zum Spielplatz, traut sie Vater nicht zu.

Bubalein nich weinen

Opapa hat die ersten Erdbeerchen extra für Abu, sein Patenenkelchen, mitgebracht. Die darf sie nun allein zum Abendbrot futtern. Mutter sitzt zwischen ihren beiden Sprösslingen, schiebt ein Schnittchen mal nach rechts, mal nach links. Buba will noch mehr essen. Abu hat ihre letzte Erdbeere bereits im Mund. Plötzlich holt sie die heraus, steckt sie in Bubas Mäulchen, streichelt ihn und sagt: „Bubalein nich weinen!" Mutter ist beschämt, dass ihr sein Weinen nicht zu Herzen gegangen war.

Tapfer

Abu ist bei der „Tante Doktor" zur Diphterie-Impfung. Weil sie schon üble Erfahrungen gemacht hat, bittet sie gleich energisch: „Nich pieken, nein?" Doch keiner bekümmert sich um ihre Bitte. Sie weint bitterlich beim Pieken, doch schon beim Anziehen sagt sie strahlend: „Tut da nich mehr weh!" Abends wird das Ärmchen dick. Sie muss beim Ausziehen sehr weinen, richtig schreien vor Schmerz. Ausgezogen und topfend, trocknet sie entschlossen ihre Tränen und sagt: „Abu weint nich". Im nächsten Augenblick aber wieder Schluchzen: „Abu muss doch weinen".

Im Oktober 1954 zieht die Familie schon wieder um. Dörtes Eltern und Geschwister sind nach der Pensionierung ihres Vaters aus der Pfarrwohnung im Tietzenweg ausgezogen, dorthin zieht nun – provisorisch – die junge Familie, bis geklärt ist, wo Gerhard eine Pfarrstelle zugewiesen wird. Bisher hatte er ja nur Aushilfsstellen.

Januar 1955 Dörte

Seit drei Monaten wohnen wir nun hier in den altbekannten Räumen. Keine Sehnsucht nach der Haydnstraße, wo wir mit dem Hauswirt, der das Dach nicht reparieren ließ, obwohl es durchregnete, so schlimme Erfahrungen gemacht hatten. Die große Wohnung hier bewohnen wir mit Pastor Herzberg und seiner Frau provisorisch. Abu ist oft bei Schröders unten. Im Augenblick ist sie allerdings mit Annelene etwas scheu, weint manchmal, weil sie merkt, Buba hat sich neben ihr auch schon einen Platz in Annelenes Herzen erobert. Sie ist manchmal eifersüchtig auf ihn.

Da spielt sie lieber als „Große" allein, knallt dazu die Tür vom Kinderzimmer zu (Buba kann noch nicht alleine aufmachen) oder verschwindet bei Herzbergs, wo sie Bilderbücher begucken oder malen darf. Dabei sitzt sie ganz still auf dem Sofa und ist völlig vertieft in ihre Sache. Besonders nach dem Frühstück braucht sie ihre stille Stunde. Danach ist alles gut, dann kommt sie und kann wieder mit Buba toben.

Cordel ist zu Besuch, Abu hat Angst, dass sie zu schnell wieder verschwinden könnte und fragt dauernd: „Bolla, schlafst du heut bei uns auf'm Sowa?" Cordel bleibt gern. Am Samstag wird gebadet. Zuerst setzt Mutter Buba, dann Abu ins Wasser. Abu aufgeregt: „Aber Mutti, jetzt heb die Bolla in die Badewanne!" Als Bolla glücklich drinsitzt, fühlt sie sich weiter für ihre elfjährige Tante verantwortlich. Beim Kopfwaschen hilft sie, „Schlagsahne" machen und hält dann Bolla einen Lappen vors Gesicht, damit sie keine Seife in die Augen kriegt. Als Cordel zum Abseifen aufstehen muss, ist Abu zur Stelle: „Lass mal, Mutti, ich halt die Bolla fest!"

29.1.55 Dörte

Inzwischen ist auch Buba in vielem selbständiger geworden. Schon zur Advents- und Weihnachtszeit fing er an, brennende Lichtlein auszupusten und singt zumindest die Endungen der Lieder mit. Während Abu Heiligabend vor allem bei Baum, Krippe und Geschenken war, hielt er sich an die bunten Teller – beileibe nicht nur seinen eigenen. Erst jetzt, viel später, beginnt er, Weihnachtslieder vor sich hin zu singen. Mit einem „Auf auf ihr Buba" steht er vom Töpfchen auf, trällert hier und da, falsch im Text, aber haargenau in der Melodie, „Ihr Kinderlein kommet". Er kann fast alle Kinderlieder nachsingen. Alles sagt und macht er mit viel Bedacht.

Seine Abu liebt er mit gleichbleibender Zärtlichkeit. Heute Nachmittag wollten wir mit „Date" (Tante) spazieren gehen. Ich wartete mit Buba unten und wollte schon vorgehen, denn Abu und Cordel holen uns schnell ein. Er hatte sich schrecklich auf „Tür aufmachen" und „Straße gehen" gefreut, jetzt stand er an der Haustür und rief klagend: „Abu, Abu!" und lief erst, als ich auch sie an der Hand hatte, mit Freudengeheul hinaus.

Er ist ein süßer Puppenvater, liebt sein Auto zum Ziehen, aber auch Abus Pferdchen. Während sie nur auf ihm sitzt und sonst nichts damit anstellt, zieht er es vorn am Ohrensteg den langen Flur entlang, macht Kurven, transportiert gelegentlich auf dem Sattel einen silbernen Teelöffel, eine Blechschüssel, einen Kochtopf oder auch ein Püppchen. Wenn ich ihn unten mitspielen lasse, liebt er von allen Kindern nur „Annelala", rennt auf sie los, schmiegt sich an sie. Annelene ist so gerührt, dass sie ihn gleich nimmt und mit ihm spielt. Abu verschwindet dann weinend.

Neuestens klettert er, so dass mir die Haare zu Berge stehen, auf die Wasserbank in der Küche, greift dann einen auf dem Herd herumliegenden Löffel, um etwas Schönes zu probieren – und wenn es nur das Wasser im eingeweichten Milchtopf ist, das er mit Wonne auslöffelt. - Sein Spiegelbild – eine feine Sache! Er holt sich die Fußbank, rauf geht's und von da weiter auf die Flurgarderobe. Er stellt sich aufrecht, betrachtet sich im

Spiegel von allen Seiten, küsst sein Bild und ist sehr angetan von sich.

Wenn's vormittags zweimal lang klingelt, sind beide Kinder aus dem Häuschen und stürzen zur Tür. Dann ist es der Opa. Meist greift er sich eines, das ihn noch in sein Zimmer bringen darf. Neulich such ich die Wohnung ab nach Buba, schließlich geh ich in Opas Sprechzimmer *(er hält als Pensionär noch Gemeindesprechstunden ab)*, da sitzt er Opa gegenüber im zweiten Sessel, genauso hintenüber gebeugt und recht bequem.

Gestern suchte ich ihn wieder ganz verzweifelt und klopfte bei Herzbergs, kein Buba, ich suche nochmal alles ab, guck die Treppe hinunter, Herzbergs helfen beim Suchen. Schließlich öffnet einer die Tür des Gemeindebüros, da sitzt Buba auf dem Stuhl der Gemeindehelferin am Schreibtisch, völlig vertieft mit einem Blatt Papier beschäftigt, kommt aber freundlich vom Stuhl herunter und lässt sich hinausgeleiten.

18.2.55 Brief an Gerhard
„Der Gemeindekirchenrat der Evangeliumsgemeinde hat in seiner gestrigen Sitzung beschlossen, zur Besetzung der vakanten zweiten Pfarrstelle Sie in die engere Wahl zu nehmen und fordert Sie auf, am Sonntag, 27.2.55, einen Probegottesdienst mit anschließender Katechese zu halten …"

28.3.55 Brief an Gerhard

„Ich habe die Freude, Ihnen mitteilen zu können, dass Sie zum Pfarrer der Evangeliumsgemeinde gewählt worden sind ..."

10.4.55 Dörte

Buba freute sich auf Ostern, von gewissen Ahnungen erfüllt. Wenn Mutter sagt: „Bald ist O ..." ergänzt er strahlend „ter-ei". Tüchtig hat er heute mitgesucht, aber bücken, nein, das war zu viel für ihn. Wenn er ein Nest sah, rief er gebieterisch: „Abu!", zeigte es ihr und ließ es sich von ihr reichen. Eitel ist er nicht weniger als Abu. Zur Feier des Festes durfte er ein süßes Sommerblüschen anziehen, dauernd strich er mit zarten Händen darüber und sagte strahlend: „Leid *(Kleid)* Buba!". Er fand sich so schön, dass er das „Leid" später gar nicht mehr ausziehen wollte.

Zum 1.4.55 tritt Gerhard seine neue Stelle an, die erste feste Anstellung als Pfarrer im Kirchenkreis Reinickendorf. Zum 13.5. zieht die Familie in die Baseler Straße. Im Juli verbringen sie ihren ersten Familienurlaub auf Langeoog.

3.7.55 Dörte an ihre Mutter

Nun sind wir glücklich in Langeoog nach dieser etwas langen, anstrengenden Reise gelandet. „Tinderlein" liegen in ihren Bettchen und rühren sich nicht mal im Schlaf mehr. Omnibusfahrt ging glatt, an den Kontrollpunkten haben wir sehr lange warten müssen. Buba war im Bus sehr anhänglich, er hopste zwei Leuten einfach auf den Schoß. Heute um acht ging's weiter mit dem Bus, dann zu Schiff mit starkem Seegang und noch ein Stündchen Inselbahn. Heute ist doller Sturm, hoffentlich ist das Wetter bald wieder schön.

5.7.55 Dörte an ihre Mutter

Heute war mächtiger Sandsturm. Wir waren ein Stündchen am Strand, Gerhard mit den Kindern im Strandkorb, ich habe mich in die Fluten gestürzt, es war herrlich. Nach dem Mittag habe ich mich dann ordentlich ins Bett gepackt, bei diesem kalten Wetter ist es schwer, hinterher wieder warm zu werden. Heute Abend war Abu durch die vielen Stimmen auf dem Flur sehr angeregt, so dass sie ihr Töpfchen an die offene Tür rückte, sich von hinten zeigte und strahlend all die Spuren ihres Werkes sehen ließ mit vielen erklärenden Worten. Ich hörte die Kinder schallend lachen, dazwischen ihr aufgeregt erklärendes Stimmchen, rannte nach oben und sah die Bescherung. Die beiden Nachbarsmädchen haben besonders Buba in ihr Herz geschlossen, er erinnert sie so an ihr Brüderchen.

13.7.55 Dörte an ihre Mutter

Besonderen Jubel hat Bollas Karte erweckt. Buba liebte sie so, dass er sie sich eines Abends ins Bettchen rüberzog. Ich fand am nächsten Morgen unter seinem nassen Po die

Reste, er selbst hatte Tintenabdrücke. Wir haben jetzt wonniges Wetter. Die Männer haben Sonnenbrand, Kinder gehen jeden Tag mit Wonne ins Wasser, wenn wir sie nicht halten, rennen sie bis zu den Schultern rein, besonders Buba, er kommt doch nach Vati! Beim Rausgehen Gebrüll.

9.8.55 Dörte
Ich war mit den Kindern im Garten *(drei Minuten von der Pfarrwohnung entfernt hat die Familie einen kleinen Schrebergarten angemietet)*. Zu zweit angefasst haben sie jetzt auch schon Mut zu einigen Wanderungen in Nachbars Garten. Neulich hatten wir nicht auf sie geachtet, da kamen sie strahlend mit einem Keks in der Hand an. „Von Tante" erklärte Abu, sie hatte Buba gefragt, wie er heißt, und Abu hatte laut und deutlich für beide geantwortet. Abu war klar, wenn sie ihren Namen schön deutlich sagt, kriegt sie Kekse. Ich habe ihr erklärt, warum man nicht in fremde Gärten geht, ebenso wie man nicht einfach fremde Türen aufmacht. Dass die Nachbarn dann auch ärgerlich werden. Abu: „Dann gehen wir, wenn die Tante nich drin ist!"

26.2.56 Dörte
Schon ein dreiviertel Jahr wohnen wir in unserem neuen Zuhause in der Baseler Straße. In unserem kleinen Gärtchen hat Gerhard einen wunderbaren Buddelkasten für die Kinder gebaut. Nach wunderschöner Advents- und Weihnachtszeit ist jetzt der lang ersehnte Schnee gekommen. Der Weihnachtsschlitten sieht schon ziemlich mitgenommen

aus. Buba will ihn schieben wie Abu, fällt aber nach zwei Schritten in den Schnee, aber das macht ihm Spaß, denn beim Aufstehen ist man ein richtiger Schneemann. Sogar über den zugefrorenen Schäfersee konnten wir gehen. Buba erzählt: „Wir fahren zu Opas Geburtstag, da gibt es Kuchen mit Schlagsahne!" und so war denn auch sein erster Griff in Lichterfelde nach dem Kuchenteller.

Tante Bolla ist bei beiden die geliebteste Tante. Vor ein paar Tagen war Oma Biesdorf hier und entführte uns Abu. Buba wollte auch sehr gerne mit, es gab eine schlimme Abschiedsszene mit Gestrampel auf der Erde und Geschrei. Später beruhigte er sich damit: „Abu ist bei seiner Oma, Buba fährt mit Mutti zu seiner Oma *(Lichterfelde)*. Oma Biesdorf hat Hühner, aber meine Oma hat Bolla!" Das hat ihn ausgesöhnt, denn Bolla war ihm wichtiger. Aus Lichterfelde kommend erzählt er: „Zu Opas Geburtstag gab es Elefantenkuchen!" Es gab Pfannkuchen. Als „Onkel" besucht er Mutter, die im Schlafzimmer zu tun hat, geht an den Kleiderschrank, zieht einen Schlips heraus und fragt: „Vata Schnipsel? Darf ich umbinden?"

1.4.56 Dörte

Ein Widerspruchsgeist ist Buba schon immer gewesen. Als Mutter ihm neulich „Gute Nacht, mein kleines Bubalein!" wünscht antwortet er sehr zärtlich: „Gute Nacht, du Blöde!" Und seither ist dies sein liebstes Wort, dessen ungeahnte Wirkung er bei jeder Gelegenheit ausprobiert.

29.4.56 Dörte

Abu ist ein verständiges Mädchen. Um mir zu helfen, topft sie manchmal schon morgens den Buba. Auf meine Frage, wie sie ihn denn aus dem Bettchen gekriegt hätte, antwortet sie: „Ich habe ein bisschen am Po geschoben, da ging es schon!" Und dann verlangt sie rührend: „Nun sollst du länger schlafen, ich habe dir ja geholfen!" In der Osterwoche war sie mit Oma Biesdorf und Bolla in Beiersdorf *(wohin Ursel und Wolfgang gezogen sind)*, um das neue kleine Menschlein anzusehen *(Sie haben nach zwei Jungs eine Tochter bekommen)* und ganz zärtlich übers Bettchen zu streichen. Und nun kann es Mutter auch kaum mehr erwarten, bis Buba und Abu ein kleines Geschwisterchen bekommen im Sommer.

Am ersten Mai geht's nach Biesdorf zur Geburtstagsfeier, Mutter wollte das Geburtstagslied noch einmal üben, aber Abu schlägt „Der Hahn ist tot" vor, das wäre viel schöner. Zur weiteren Auswahl schlägt sie vor „Are you's Liebling".

19.7.56 Dörte an ihre Mutter

Es war ein rauschender Tag *(Bubas dritter Geburtstag)* mit Singen und Flöten, Kränzchen und Kerzen am Morgen, einem dollen Geburtstagstisch mit Roller aus Biesdorf und so vielem Spielzeug, dass er nicht wusste, wohin zuerst gucken – das Essbare gab man mir glücklicherweise in Verwahrung. Mit Topfschlagen und schönen

Spielen im Garten, Saft zum Abendbrot und Laterne-Gehen vorm Ins-Bett-Plumpsen.

Ich habe seit ein paar Tagen solche Dinger von Füßen, dass ich sie nur mit Mühe in meine ausgetretensten Schuhe pressen kann und sie doch öfter hochlegen muss, wenn sie bis zum Abend funktionieren sollen. Aber sonst geht's allen gut. Gerhard ist schon sehr in Reisevorbereitungen mit seinen Jungen.

Im Sommer 1956 macht Gerhard mit seinen Konfirmanden eine zweiwöchige Wanderfreizeit um Bielefeld herum. In dieser Zeit zieht die hochschwangere Dörte mit den beiden Kindern zu den Eltern nach Lichterfelde.

27.7.56 Dörte an Gerhard

Bis Mittwoch hatte ich noch Hannelore *(ein Kindermädchen)* da, sie hat mir wirklich nett geholfen, vier Gläser Bohnen haben wir eingemacht und den Garten einigermaßen in Schuss gebracht. Die Kinderwäsche ist fix und fertig, der Koffer fürs Martin-Luther-Krankenhaus steht gepackt da. Und nun sind wir in Lichterfelde, die Kleinen toben mit Cordel draußen, ich habe mich heut schon ordentlich ausgeschlafen und kann nochmal richtig Nachsaison machen mit Stricken, Schreiben, Schlafen. Auch Mutti hat sich gut erholt, sie ist ganz froh, dass das Haus durch uns ein bisschen bevölkert ist. Ich bin froh, dass ich hier sein kann, die letzten Tage in der Baseler

Straße allein waren mir doch etwas unheimlich. Wahrscheinlich war es nur Überanstrengung, aber auch Angst, dass ich losmüsste. Mutti beruhigt mich sehr, vielleicht ist das bei den dritten Kindern die Regel, dass es schnell geht, so wie bei Ursel.

Männlein

5.8.56 Dörte an Gerhard

Mein lieber Gerhard, was sagst du nun? Gestern ist unser Bürschlein gekommen. Das größte und schwerste von allen Kindern: 7 ½ Pfund und 54 cm. Und sogar ein paar dunkle Härchen hat er, zu Cordels Beruhigung. Ich bin so dankbar, dass er lebt und gesund ist. Eben habe ich ihn schon ein bisschen halten dürfen, heut Nachmittag wird er das erste Mal angelegt. Er hat solche Pausbacken wie der Buba, Stimme übrigens auch, und ich hoffe, dass er es seinem Bruder auch im Trinken gleichtun wird.

Gestern um acht Uhr früh bin ich mit Mutti hergefahren, nachdem ich schon nachts ziemlich rumkampiert bin. Ich hoffte immer, es gehe mit den Wehen vorüber, ich wollte doch auf dich warten. Hier bin ich erst mal strickenderweise auf Station gewesen bis Mittag, dann machte sich der kleine Kerl schnell und wild die Bahn frei. Ich war ganz allein im Kreißsaal mit einer netten Diakonie-Hebammenschwester. Ganz ohne Arzt ging es leider nicht, und obwohl Professor Gesenius da war, kam er nicht, weil ich dritte Klasse liege. Aber der Oberarzt hat es sehr gut gemacht, gleich hinterher wurde ich genäht, auf meinen Wunsch ohne Narkose, aber das reicht. Ich weiß nicht, ob ich es nochmal wünsche. Hinterher ist es dann natürlich viel schöner.

Die Nacht war ziemlich schlimm mit den Nachwehen, aber wenn du hinten die Kinder schreien hörst und weißt, da liegt deins darunter, lebt, ist gesund, dann ist das doch nur eine geringe Sache und die große Angst und Sorge ist weg.

Mutti sagte mir, unsere beiden Kleinen seien munter, hatten erst sehr geweint, weil ich so plötzlich fort war und nicht gewusst, was sie daraus machen sollten, als wir in ein Auto gestiegen und abgefahren waren. Dann hatte Mutti ihnen gesagt, ich wäre noch etwas fort, aber dann brächte ich ihnen etwas Feines mit, was Abu bald erriet: „Ein Schwesterchen!" Als dann der Anruf von der Geburt eines Brüderchens kam, waren sie beide aus dem Häuschen. Buba hätte strahlend gesagt: „Dann bin ich jetzt der Große!" und Abu hätte sich zufriedengegeben: „Sie sind ja beide noch kleiner als ich, da können sie mich erstmal noch nicht verhauen!"

19.8.56 Dörte

15 Tage ist er nun alt. Schwierigkeiten macht er Mutter öfter, so schreit er viel und meist, wenn sie schlafen will. Trinken tut er, wann und wieviel er will und möchte Mutter gerne zu einem längeren Plauderstündchen zwingen. Aber lächeln kann er schon, wenn Mutter ihn anlacht, verzieht sich auch sein Gesichtchen. Fast wie ein Erwachsener hat der kleine Mann ausgesehen nach der Geburt. So bewusst habe ich noch keine Geburt erlebt wie diesmal.

Als ich mich am Morgen von Mutti verabschiedet hatte, weinte sie. Obwohl ich erst unglücklich war, dass Gerhard weit weg war und nichts von meinem Zustand wusste, spürte ich, dass in Lichterfelde Vater und Mutter für mich beteten, was mir Ruhe und Geborgenheit bei allen Schmerzen gab. Wie schön auch, wenn man zwischendurch gestreichelt wird, wie wohl tut es, wenn die Schwester den Schweiß von der Stirn wischt. Und plötzlich war das Köpfchen durch und dann: ein Schrei! Die Schwester hält das zappelnde Geschöpfchen, trennt die Nabelschnur, sagt: „Ein Junge", da drück ich, wer an meinem Bett steht, den Arzt, die Schwester und weine vor Freude und sage nur noch: „Danke, danke!" Von da ab waren alle Schmerzen, Nachgeburt und Nachwehen nicht mehr so schlimm.

Bei mir jetzt viel Fragen über den Sinn des Lebens, wage mit keinem zu sprechen, möchte so gerne mit Gerhard. Meine elende Schüchternheit, dass ich doch frei würde zu offenen Gesprächen, dann würde sich meine Verkrampftheit anderen gegenüber lösen und ich würde auch die Menschen anders ansehen! Vielleicht bete ich zu wenig. Komme mir oft so müde und überflüssig vor, wie ein leeres Gefäß. Wenn es doch gefüllt werden möchte.

August 1956 Dörte
Abu hatte sich nur ein Schwesterchen vorstellen können. Als wir vor der Geburt hier die Tür zuklappten, um nach Lichterfelde zu fahren, fragte sie ängstlich: „Und wenn

das Schwesterchen inzwischen da ist? Und es klingelt und keiner macht ihm auf?" Als sie Mutter im Krankenhaus besucht hatte und den kleinen Mann sah, legten sich die Bedenken: „Er ist ja noch so klein, da kann er noch nicht hauen, und bis er groß ist, kriege ich vielleicht noch ein Schwesterchen!" Mit Oma hat sie ihr Brüderchen auch schon hier besucht und ist so zärtlich und lieb mit ihm. Ganz heimlich streichelt sie seine Härchen und drückt ein zartes Küsschen auf seinen Kopf.

Oktober 1956 Dörte
Inzwischen war Mutter krank geworden *(sie hatte eine schlimme Brustentzündung)* und fuhr mit Männlein nach Lichterfelde. Während sie im Krankenhaus lag, wurde Männlein Omas Kind. Abu, die noch in Lichterfelde war, war selig über ihr Brüderchen. Ab und zu durfte Mutter ihren Kleinen im Krankenhaus zum Trinken haben.

Endlich ist Mutter wieder gesund und kann nun ihre drei Kinder wieder zu Hause haben. Auch Buba liebt sein Brüderlein zärtlich, wenn auch etwas stürmisch. Er darf ihm beim Baden die Füßchen waschen, während Abu das Fläschchen halten darf.

28.10.56 Dörte
Taufe in der Evangeliumskirche. Großvater tauft ihn. Vier Patentanten und zwei Patenonkel. Während der Taufe hat er seinen ersten Kirchenschlaf gehalten.

Dezember 1956 Dörte

Wenn der kleine Mann auch nicht viel von allem verstanden hat, so hat er beim Adventfeiern in die Lichter geguckt und erst recht haben ihn die vielen Lichter des Weihnachtsbaumes verwundert und erfreut. Und wie froh ist Mutter, dass sie nun gesund ist und ihr Kleiner und alle zusammen ganz froh feiern dürfen.

März 1957 Dörte

Männlein liegt im Wagen draußen. Die Nachbarinnen schütteln missbilligend den Kopf: „Dass er noch nicht sitzen kann und so still daliegt, kann doch nicht normal sein!" Mutter lacht: „Doch, das ist ein rücksichtsvoller Sohn, der es seiner Mutter leichtmachen will."

22.4.57 Dörte

Am Ostermorgen haben wir Ostereier gesucht. Abu fand das erste Körbchen, zitierte aber Buba hin: „Das ist deins!" Vielleicht hoffte sie auf ein noch größeres. Als wir mittags in Lichterfelde waren, erzählte Buba voll Bewunderung, was der Osterhase alles kann: „Denk dir, Oma, der konnte Ostereier, Apfelsinen, Kniestrümpfchen und eine Rollerklingel legen!" Vorher bei den Passionsgeschichten gefiel ihm besonders, dass Petrus Jesus helfen wollte und dem Kriegsknecht ein Ohr abschlug. Auch das „Osterlamm" hat es ihm angetan, er fragte nach, wann wir das Osterlamm essen. Jetzt beschäftigt er sich sehr mit seinem kleinen Brüderchen. Männlein jauchzt, wenn er

kommt und dabei ruft: „Schallala, schallala, mein Schatza-
la". Mutter muss bei aller Zärtlichkeit sehr aufpassen.

Juli 1957 Dörte

Männlein ist ein großer, strammer Bursch mit einem dollen Kopf – leider bisher mit nur wenig Haaren versehen.
Seit fünf Wochen steht er fest auf den Beinen, läuft am
Gitter, ja, er steht sogar vom Töpfchen auf, indem er sich
an einen hohen Gegenstand heranrutscht und dann an
der Wand lang herumspaziert. Oder, wenn Mutter gar zu
lange macht, inzwischen das Töpfchen nebst Inhalt näher
untersucht. Süß ist sein Kuckuck-Spielen an der Gardine.
Wir fragen: „Wo ist denn der Erdmann?" Darauf ein
ruckartiges Wegreißen der Gardine und sein strahlendes,
in den höchsten Tönen piepsendes: „Da!" Beim Ausziehen vor dem Baden kann er oft vor Lachen nicht mehr,
wenn Abu sich hinter Mutter versteckt und mal rechts,
mal links durch die Schulter guckt. Mit dem Sprechen
hapert es noch. „Mamma" kommt manchmal oder „Döte", „Tututt" – das andere ist noch nicht zu verstehen.

Einbuddeln

Abu lehnt sich weit aus dem Fenster. Mutter sieht's,
schreit vor Schreck auf, holt sie zurück und macht ihr
eindrücklich klar, was passieren könnte. Darauf Buba:
„Ja, dann liegt sie tot auf dem Hof und dann buddeln wir
sie auf dem Hof ein. Den Mist buddeln wir im Garten ein
und die Abu auf dem Hof!"

Feucht

Auf der Fahrt nach Lichterfelde. Die Siegessäule ist in Sicht. Buba fragt aufgeregt: „Mutti, spielt der Engel Fußball?" Er steht ja auf der Weltkugel. Es fängt an zu regnen, darauf er: „Steigt jetzt der Engel runter? Sonst wird er doch nass?" Mutter macht ihm klar, dass diesem Engel wie den Häusern der Regen nicht schadet und ihn die liebe Sonne bald wieder trocknet. Er darauf: „Ach so, dann ist er immer etwas feucht."

August 1957 Dörte

Urlaub in Bornholm, so herrlich, so einzigartig schön, die Reise zu Schiff, Schweden, unsere „Hydde", Wasser, Strand, Wald, Heide, Mole, Wandern und für Abu nicht zuletzt „Käschenessen" (Schwedenplatte) und Buttermilchtrinken. Abu ist eine dolle Wasserratte. Als Mutter krank wurde (Hexenschuss), wollte sie nicht mit den anderen auf Tour, auf die sie sich so gefreut hatte, weil sie Mutter nicht allein lassen wollte. Schweren Herzens ging sie dann mit, kam gleich nach der Rückkehr zu Mutter, um sich zu erkundigen, wie es ihr gehe und sagte: „Mutti, der liebe Gott war doch auch bei dir, deshalb dachte ich, konnte ich ruhig mitgehen."

Auch für Buba ist Bornholm das Beste, das Schönste. Schon die Reise mit der Fähre! Seine Liebe und sein Interesse für Schiffe blieb. Zuerst war er wasserscheu, wurde dann aber in den letzten Tagen, als es kalt wurde und uns schwerfiel, im Meer zu baden, sehr mutig: „Tante Nina *(die war auch mit)* hat gesagt, bis zum Bauch geht man rein!"

Ein Höhepunkt war die Rückfahrt per Schiff, mit Schlafen in der Kajüte. „Wer kommt denn, wenn ich auf diesen Klingelknopf am Bett drücke?" Die Eltern waren damit etwas ängstlich. Während ihn alle technischen Sachen interessierten, lernte Abu Blumen und Vögel unterscheiden, hatte verschiedene Muscheln und Steine gesammelt.

11.8.57 Karte an Dörte von ihrer Mutter
Cordel erzählte gestern von eurer Abfahrt und brachte alles gut her. Sie ist furchtbar niedlich mit ihrem kleinen Pflegesohn. Das Männlein ist aber auch zu wonnig. Er fühlt sich ganz zu Hause hier und ich habe nicht den Eindruck, dass er sich bangt. Wir alle sind für ihn "Döte". Gestern Nachmittag half er uns beim Kuchenbacken.

19.8.57 Brief von Dörtes Vater
Das Männlein lacht und spielt hier den ganzen Tag. Er freut sich, wenn jemand mit ihm umherspaziert und ihm alles zeigt, die Blümchen und die Bienen. Er möchte an alles heran und alles streicheln. Von seinem Leistenbruch ist nichts zu spüren. Ihr braucht euch um ihn keine Sorge zu machen.

Cordel betreut ihn mustergültig. Sie möchte auch am liebsten keinen anderen herankommen lassen außer Mutter.

September 1957 Dörte

Drei Wochen ist unser Männlein bei den Großeltern gewesen, während wir in Bornholm waren. Viel hat er dort gelernt und ist richtig groß geworden. Lange sind wir nun schon zu Haus, aber die Kinder spielen vom Morgen bis zum Abend Bornholm, fahren auf der „Hammershus", reden dänische Brocken, im Badewasser sind Bubas Knie die „Hellingdoms-Klippen", zwischen denen er sein Boot steuern muss. Wir hören im Radio die Nachricht von einem Schiffsunglück, merken nicht, dass die Kinder alles verstanden haben. Buba ist blass und kann sich gar nicht beruhigen. Zwei Tage später liegen beide im Kinderzimmer auf dem Boden. Auf Mutters Frage antworten sie: „Wir haben Schwimmwesten an und wollen an Land schwimmen!"

29.9.57 Dörte

Männlein musste operiert werden (Leistenbruch). Hat schwere Tage im Kinderkrankenhaus hinter sich, hatte noch eine schwere Erkältung dazu bekommen. Doch jetzt geht es ihm besser, er ist munter und o Wunder! Er kennt uns wieder. Schon ehe wir ihn gesehen haben, winkt und klatscht er schon in seinem Bettchen, erzählt, macht Handküsschen, Brümmchen. Nun dürfen wir ihn endlich holen und überlegen schon, wie wir ihn feiern mit Blumenkränzchen, Weinträubchen und anderen schönen Sachen.

Das war eine Heimkehr! Abu und Buba durften an der Pforte des Krankenhauses auf uns warten und waren geduldig, als es oben lange dauerte. Als der Pförtner zu ihnen sagte: „Na, eure Mutter hat euch sicher vergessen, die ist sicher schon lange zu Hause!" sagten sie einstimmig: „Die vergisst uns nicht!" Und als ich endlich mit Männlein herunterkam, gab es ein großes Hallo, er erkannte seine Geschwister wieder, sie tanzten um seinen Wagen, er winkte, klatschte mit den Händen und jauchzte, es war zu schön!

Dezember 1957 Dörte

Weihnachtsbäckerei, sehnlichst erwartet, Buba durfte mitbacken, Plätzchen ausstechen und bepinseln. Rührend seine Erwartung: „Weißt du, Oma, zu Weihnachten wird meine kleine Huschbahn wieder heil, da kriegt sie Räder!" Und als nachher so viel da war, war er überwältigt. Da sang er wunderschön mit: „Ich hab nur ein wenig von weitem geguckt, da hat mir mein Herz schon vor Freude gejuckt."

Auch Männlein hat Adventsstern und -licht sehr bewundert. Wenn wir sangen, sang er leise mit. Seit 14 Tagen läuft er. Zuerst vorsichtig, jetzt geht's schon über Schwellen. Auch draußen ist er manchmal höchst beleidigt, wenn man ihn anfassen will. Und wenn er fällt, setzt er sich immer auf seine vier Buchstaben mit einem lauten vernehmlichen „Bumm". Heute schneit es, er ist glücklich im Schnee, lacht, wenn er weiß wird, lässt sich gern von Vater auf dem Schlitten ziehen. Neulich sollte er Mittagsschlaf halten. Mutter sieht nach, der Sohn steht am Fenster - unten klingelt der Kartoffelmann – und singt: „Kaa – toffeln, Kaa – toffeln".

1.5.58 Gerhard

Ich werde Pfarrer der Luthergemeinde in Reinickendorf, im September können wir ins Lutherhaus *(ein großes Gemeindehaus mit Pfarrwohnung, Kirchsaal und Büros)* ziehen.

3.5.58 Dörte

Zum 12-jährigen Verlobungstag gab es eine Fahrt in den Tiergarten und zur Siegessäule hinauf. Buba wurde beim Hochsteigen blass und blässer. „Kannst du denn noch?" Antwort: „Nein, ich kann nicht mehr, aber ich will ja noch!" Oben klammerte er sich sehr an, um den großen Engel über ihm zu sehen, während Abu wie toll umhersprang. Beim Runtergehen stellte er fest: „Mutti, du kannst froh sein, dass ich überhaupt noch runterkomme!" Unten dann die Frage: „Fahren wir denn noch mit der Schwebebahn?" „Ja!" „Da werden mir genauso die Knie zittern!" „Dann bleib doch unten!" „Nein, dann lacht Abu mich aus, und der Onkel von der Bahn soll sagen: Was ist das für ein hübscher Junge mit so einer hübschen Lederhose und so einer hübschen Jacke an! Und dann prickelt es sich nachher so wie im Karussell!" Er ist mitgefahren, hat alles gut überstanden und prahlt jetzt mit seinen Heldentaten.

20.5.58 Gerhards Vater in Biesdorf stirbt überraschend.

23.7.58 Gerhard
Kurz vor unserer großen Sommerreise nach Bornholm kam Cordel zum Eingewöhnen und hatte schon bald das Männlein-Muttersöhnchen so weit, dass er sich gerne von „Bos" topfen ließ, auch anziehen und füttern.

25.7.58 Dörte an ihre Mutter
Männlein macht sich prächtig, wir haben nette Mitreisende, auf deren Schoß Männlein reihum ging. Nur aufs Töpfchen war er nicht zu bewegen, aber jetzt haben wir es ja gleich geschafft. Im Schiff schlafen Bolla und Abu, Männlein in seinem Wagen. Buba guckt ununterbrochen überall, damit ihm nichts entgeht. Er weiß im Schiff schon gut Bescheid.

Juli 1958 Dörte
Männlein hat sich im Urlaub prima erholt. Im letzten Dezember nach Weihnachten war er krank geworden, Bronchitis, Mittelohrvereiterung mit Durchstechen des Trommelfells, von all dem nun schon lange nichts mehr. Hier war Baden im Meer sein Schönstes, er lief rein und konnte nicht genug davon bekommen. Oft, wenn wir den ganzen Tag unterwegs waren, schlief er in dem kleinen Wagen, in dem man nur sitzen kann, ein, dann nickte sein Köpfchen vornüber, immer tiefer, bis es auf die

Stange sank. Zu Bolla sagte er auf der Fahrt und die ersten Tage hier „Oma", was ihr sehr peinlich war. Wenn sie fragte: „Wer bin ich?" blitzte ihm der Schalk aus den Augen: „O…" und wenn sie drohte: „Du!", dann kam „Boa". Sich selbst nennt er „Ehmann".

September 1958 Dörte

Während unseres Umzugs ins Lutherhaus *(ebenfalls in der Baseler Straße, 300 Meter von der alten Wohnung entfernt)* war Männlein in Lichterfelde gut aufgehoben. Als wir den Tag der Kinderrückführung begingen, lief er durch die vielen Räume hier und wollte nach Hause gehen. Aber dann hat er sich prächtig eingelebt. Am interessantesten sind die vielen Menschen, die hier aus- und eingehen.

November 1958 Dörte

Erster Unterricht

Mutter sucht verzweifelt nach ihrem Jüngsten. Ist er etwa auf die Straße entwischt? Vorher wird das Haus nochmal abgesucht, beim Hausmeister geklingelt, ob er wohl … Da geht die Tür des Konfirmandensaales auf, der Organist stürzt raus, ob ich den Kleinen suche, der säße hier. Die Konfirmanden hatten ihn, der auf dem Flur neugierig zusah, mitgeschleift und versprochen, sie würden ganz brav und still sein, ausnahmsweise, wenn Männlein mit drinbleiben dürfte. Und so saß er brav bei seinem ersten Konfirmandenunterricht.

Erster Kirchgang

Mutter kocht das Sonntagsessen, Männlein spielt draußen in der Sonne, die beiden Großen sind im Kindergot-
tesdienst. Plötzlich öffnet sich dort die Tür, Männlein tritt
ein, geht stracks auf Vater am Altar zu, stellt sich neben
ihn. Vater streicht ihm – verlegen bedenkend, was zu tun
sei – übers Köpfchen. Allgemeines: „Ach wie süß!" Dann
sieht er seine Geschwister in den Bankreihen, stürzt mit
Freudengeheul auf sie zu. Doch das Stillsitzen neben
ihnen hat noch keine großen Reize für ihn und so bringt
ihn Abu der Mutter schließlich in die Küche zurück.

Dezember 1958 Dörte

Abu nun schon große Haustochter. Buba ist in Biesdorf
zu Besuch, Oma möchte auch gerne Abu bei sich haben
zum Adventsplätzchen-Backen und ruft deshalb an. Abu
am Telefon: „Nein, das geht nicht, wer soll denn auf
Männlein aufpassen, dann müsste ich ihn höchstens mitbringen." Dann lässt sie sich aber doch von Mutter Urlaub geben, sie hatte ihr ja bisher schon so schön geholfen. - Wieder zu Hause übt sie Flöte für Weihnachten und
Kärtchen sticken tut sie auch. „Mutti, willst du mal sehen, was du kriegst?" Mutter wehrt ab, ohne Erfolg. „Ist
ja noch lang bis Weihnachten, da vergisst du es wieder!"

Weihnachten war wunderschön, alle drei Kinder gesund.
Vom Weihnachtsbaum und der Krippe waren die beiden
Großen so hingerissen, dass sie auf die Geschenktische

gar nicht schielten. Als Mutter dann die Tücher von den Gabentischen abnahm, gab es ein Freudengeheul Abus über den Puppenwagen. Im Laufe des Abends kam dann die skeptische Frage: „Von wem ist der Puppenwagen, vom Christkind oder von dir?" Darauf erklärte ihr Mutter, dass wir uns aus Freude darüber, dass das Christkind geboren ist, etwas schenken, dass also der Wagen von ihr sei. Darauf ihre Frage: „Und wie viel hat er gekostet?"

Und unser Kleinster? Wenn der Adventskranz angezündet wurde, saß er schon mit gefalteten Händchen und kommandierte: „Singen!". Danach kommt: „Pusten!", das ist immer sehr aufregend. Mit Freude begrüßt wird der Nikolaus, der allsonnabendlich etwas in den Schuh legt. Wenn er nun etwas Neues in der Wohnung entdeckt, fragt er gleich: „Auch Nikolaus brinkt, ja?" Sein Lieblingslied: „Vom Himmel hoch, da tommt er her" In jeder Ecke der Wohnung vermutet er ein „liebes Jesulein" oder „Maria und Soseft" Beim Ei-Essen hat er gekütert mit den Schalen, eine klebt sogar am Bauch. Mutter fragt: „Was ist das?" Antwort: „Ein Bräutigam" (aus dem Lied „Wie schön leuchtet der Morgenstern: … mein König und mein Bräutigam …").

Beim klaren Frostwetter waren die beiden Großen viel draußen auf der Straße, spielen nett mit anderen Kindern, aber lernen auch eine Portion dazu. So neulich, als Abu ihrem Bruder ein neu gelerntes Wort wie eine Vo-

kabel erklärt: „"Weißt du, Kacke ist Hundewürsi!" Andere entsprechende Wörter riefen sie laut aus dem Fenster
des Lutherhauses, d.h. Abu flüsterte sie ihrem Bruder ins
Ohr und er, das Dummerchen, posaunte es dann hinaus.

Abu war zwei Monate zu jung zur Einschulung. Wir
wurden zur Schuluntersuchung bestellt. Vorher hatte
Bernd von unten energisch abgeraten: „Geh bloß noch
nicht zur Schule, da ist es gar nicht schön!" Nun bei der
Untersuchung fragte sie der Schularzt: „Möchtest du in
die Schule gehen?" Prompt kam ihre Antwort: „Nein!"
Darauf sollte sie zählen. Sie: „Eins ... Weiter kann ich
nicht!" So ging die Fragerei weiter, schließlich wurde sie
für „nicht schulreif" befunden. Dafür Kindergarten im
Lutherhaus, ein schlechter Ersatz, weil sie da die einzige
Große ist, sich nun statt selbständiger zu werden, den
Kleinen anpasst.

Abu ist mit verkehrt herum angezogenem Bademantel
Tante Doktor. Buba, der arme Puppenvater, kommt mit
seinem Ännchen und erzählt: „Immer wieder muss ich
frische Decken auflegen und immer wieder spuckt es sie
voll. Was hat nur mein armes Kind?" Tante Doktor hört
eifrig mit dem Telefonhörer ab. Schließlich steht ihre
Diagnose fest: „Leistenbruch oder Krampfadern!" Der
Puppenvater fragt, was er mit seinem Kind tun soll: „Nur
bittere Medizin? Kein Säftchen?" Sie, fast grausam:
„Nein, auch kein Säftchen!"

25.2.59 Dörte

Ganz glücklich ist Mutter, heute hat sie Männlein aus dem Krankenhaus nach Hause holen dürfen. Wieder musste er am Leistenbruch operiert werden, wieder hatte er viel durchzumachen. Diesmal lag er im Rittberghaus in Lichterfelde, wo er es guthatte. So gut, dass, als Vater und Mutter beim Besuch vorm Glasfenster ihm zuwinkten, er erst die Schwester ansah, ob er wohl zu uns hinsehen dürfte. Alle fuhren mit, um ihn im Auto abzuholen. Dann fing er an zu erzählen. Blass sieht er noch aus, aber wir hoffen, dass er bald wieder zu Kräften kommen wird.

Im März 1959 fährt Dörte eine Woche allein zu Verwandten in Niedersachsen, in dieser Zeit ist Abu in Lichterfelde und Oma Biesdorf hilft Gerhard in der Baseler Straße und kümmert sich um die beiden Jungs.

19.3.59 Gerhard an Dörte

Die beiden Jungs machen sich gut. Gestern waren sie mit der Biesdorf-Oma auf dem Spielplatz, Fußball spielen. Am Abend fielen sie nur so ins Bett, schliefen ohne zu kaspern ein. Sie essen beide tüchtig. Ich schlug Oma Lichterfelde vor, mit Abu am Sonntag herzukommen. Dann sind wir alle beisammen und gespannt, was du uns zu erzählen hast. Wann wirst du Sonnabend kommen? Ich möchte dich gerne vom Bahnhof abholen. Dir recht viel Erholung noch bis dahin.

26.4.59 Dörte

Männlein liegt krank auf der Wohnzimmercouch, Vater flötet im Zimmer. Dann hört er auf, geht in sein Zimmer und macht die Tür hinter sich zu. Darauf Männlein: „Vater arbeiten, ja? Vater Tür zu machen?" - und dann, weil er ärgerlich darüber ist und gerne noch länger das Flöten hätte: „Der Lümmel!" - Sein Lieblingslied im Moment: „Lobet den Herren, alle die mich ehren", dies und anderes singt er mit Inbrunst aus seinem „Singebuch".

20.5.59 Gerhard

Ich hätte große Lust, wieder Tagebuch zu schreiben. Gestern und heute war ich drüben in Biesdorf bei Mutter. Heute ist der einjährige Todestag Vatis. Wir haben Blumen auf sein Grab gelegt. Heute vor einem Jahr hatte Mama um 11 Uhr die Nachricht vom Arzt erhalten, bei dem Vati gerade zur Untersuchung war. Plötzlich hatte das Herz ausgesetzt. So schlimm, weil wir nicht richtig Abschied nehmen konnten.

In Biesdorf wollte ich mal ausschlafen, so mittendrin in der Hetze des Betriebes in Reinickendorf. Aber dann stöberte ich in Tagebüchern. Und konnte nicht aufhören, drei bis vier Stunden. Ganz versunken in die Zeit, wo ich 26 Jahre alt war. Bis nachts um eins las ich. Meine Jahre vor dem Abitur. Musik. Tanzkreis. Anneliese Gabriel, Waltraud Groche, Marlene Flechtheim. Was für ein Aufeinanderzugehen. Und doch Aneinandervorbeigehen. Wie füllten sie mich, wie entwickelten sie mich. Und doch war mir bei jeder deutlich: Die wird nicht meine Frau.

Eigenartig, in allen irgendwie Dörte enthalten. Sie die einzige, zu der ich hundertprozentig Ja sagen konnte, bis auf den heutigen Tag. Dabei ist doch das Zusammenleben mit Dörte nicht ohne Not. Mit ihr und unseren drei Kindern. Und, wenn es Gott gefällt, mit dem vierten werdenden Leben. Die Reibereien mit Herrn Seeck, dem Hausmeister, mit der Pfarrgehilfin, mit der Sozialfürsorgerin, mit der Vikarin und dem Organisten, Herrn Sohn. Mit dem Kranz der schiefen Gedanken und der beleidigten Regungen. Das Leben in dieser Gemeinde, die so gar nicht nach meinem Geschmack ist.

Ich habe mich dorthin versetzen lassen, weil ich im Lutherhaus eine eigene Gemeinde hätte, die ich selbständig führen sollte, ich wollte lernen, selbstverantwortlich zu werden. Und die große Pfarrwohnung war eine Verlockung. Wir haben endlich genug Räume, um uns wohl zu fühlen. Die Schattenseiten solch eines Alleinbestimmens in Haus und Gemeinde habe ich nun zentnerschwer in diesem Jahr zu spüren bekommen. Manche Nacht hat es mich gewürgt. Hat meinen Mut sterbensmüde gemacht. Immer wieder Angst. Angst, dass ich nicht genüge. Gierig auf kleinste Krümchen der Anerkennung.

Den Frommen bin ich zu wenig fromm. Den Intellektuellen bin ich zu wenig beschlagen in der Philosophie und Allgemeinbildung usw. Meine Predigten sind zu wenig Themenpredigten. Sie holpern am Text entlang. Meine Seelsorge zu kümmerlich. Ich habe noch zu viel Angst. Bin damit beschäftigt, eine Geschäftsführung einigermaßen korrekt durchzuziehen. Wie kriege ich Herrn Sohn von seinem hohen Ross: „Ich habe studiert, Examen gemacht, ich bin geprüft!" Dass er doch endlich anfängt, verlässlich zu arbeiten, auch an sich.

Ein eigenartiges Alter, das Alter jetzt. In diesem Jahr werde ich 46 Jahre alt. Vor 7, 8 Jahren versiegte mein Tagebuchschreiben. In den ersten Ehejahren war all mein Streben ängstliches Hindrängen all meiner Gefühlsregungen in Tat, Unterdrückung, Gebet oder wer weiß was. Weil in meinem Leben die Gefahr bestand, mich in Träumerei zurückzuziehen. Mein Tun sollte nur noch nützlich sein. Aber das Kind im Manne will noch spielen. Will nicht totlaufen in Nutz und Zweckmäßigkeit. Eben wurde ich rot, als meine Frau mir über die Schulter sah und erstaunt entdeckte, dass ich Tagebuch schreibe, also nichts Nützliches tue.

Aber der spielende Mann ist ihr nicht unwert, auch wenn sie es so nicht einsehen würde, macht die Süße auch ihres Lebens aus, allerdings immer wieder mit Bitterkeit gemischt. Was singt denn nachts? Wie haben wir beide es gelernt. Es dauerte sehr, sehr lange. So wie sie eines Tages lernte, gute Saucen zu machen, schmackhafter zu backen und zu kochen, irgendwie schöpferischer, so lernten wir es beide, umeinander mit Lust zu spielen. Nicht oft in der Hetze unserer Lebenseinteilung, aber umso inniger und erfüllter.

21.5.59 Gerhard

Ein paar Zeilen zwischen Tür und Angel. Die Augen sind ein klein wenig gespannt, nach der Nacht mit Dörte. Bei ihr auch. Der Kopf ein bisschen schwer. Die Hand, die Gedanken sind noch in dem Zueinander. Der Leib ist leckrig wie die Zunge und der Gaumen. Zugreifen, nach der Tüte Wiener Mandeln, hatte sie von gestern noch in der Nasche und Masche. Eigenartig der Weg zwischen Eheleuten. Wie lange es dauerte, bis wir ihn fanden. Eine Erfindung wie die des Rades in der Menschheitsgeschichte. Und spielte ich bisher die erste Geige, besser gesagt, die einzige Geige, weil das Orchester fehlte, höchstens ein paar Basstöne hier und da, so ist das jetzt ganz anders. Sie die erste, ich die zweite Geige, im Zusammenspiel, in Freude und Fülle.

Dörte kann jetzt keinen Kaffee mehr riechen, wenn ich nachmittags welchen aufbrühe. Ihr ist öfter schlecht. Musste sich mittags hinlegen. Sie hat es jetzt nicht leicht. Jetzt scheint eine wunderschöne Sonne auf meinen Schreibtisch. Auf meine Bücher und auf eine Fliege, die darauf sitzt. Aus dem offenen Fenster kommen Abus und Männleins Stimme vom Garten hier herauf. Sie spielen. Haben gegen Dörtes Rat ihre Spieldecke verdächtig nahe an Seecks Blumenbeet gezogen. Da könnte sich neuer Zündstoff ansammeln. Will schnell mal rausgucken und sehen, was sich machen lässt.

24.5.59 Gerhard
Heute hatte die Vikarin Gottesdienst. Um 9 Uhr versammelte sich der Chor, vollständig und willig. Derselbe Chor, der gegen Herrn Sohn revoltierte und seine Leitung nicht mehr ertragen will. Jetzt von Herrn Isskraut geformt und geknetet. Heute hat Dörte die schwere Aufgabe, ihn zu vertreten. Es ging ganz gut, denn die Chorleute wollten.

30.5.59 Gerhard
Gestern sagte ich zu Dörte: Von mir aus gesehen ist mein Stellenwechsel zu dieser Gemeinde hier ein Missgriff. Ich taue erst auf und werde frei unter meinesgleichen, wie da drüben in der Evangeliumsgemeinde, oder am Prenzlauer Berg. Aber nun bin ich hier. Dörte stöhnt auch dauernd über die Schwierigkeiten mit Seecks, dem Hausmeisterpaar. Nun sind wir hier. Keine Möglichkeit des Rückzugs.

31.5.59 Gerhard
Am Abend setze ich mich noch einen kleinen Augenblick auf den Balkon. Mit diesem Tagebuch. Das sich wie ein roter Faden durch meine Tage spinnt. Ein Faden, der

anknüpft an die Jahre meines Sturmes und Dranges, wo ich mich zurückzog und mich besann, auf mich selbst, auf mein Woher und Wohin. Wo ich mich wundern konnte über das, was mir begegnete. Dieses Anknüpfen ist wie ein Lebensbrünnlein, das da fließt, klagt und singt. Von eigenartigen Wegen des Mannes in dieser Welt, zwischen Hass und Sehnsucht, Härte und Zärtlichkeit. Ich sollte mir dieses Stück Muße bewahren, jeden Tag, ich merke, wie's mir guttut.

2.6.59 Gerhard

Gestern Abus Geburtstag mit vielen Gästen, Topfschlagen im Garten. Sieben Jahre alt ist sie jetzt. Vor sieben Jahren war ich noch in großen Existenzängsten. Wir waren in unserer ersten hübschen Wohnung in Zehlendorf. Damals war Pfingstsonntag. Wie froh war ich. Abends klönten wir, dabei erfuhr Mutter-Lichterfelde, dass wir zu Weihnachten mit Zuwachs rechnen. Ihr Rat: Dann ist es Zeit, sich ein Mädel als Haushaltshilfe zu nehmen. „Dörte, ich hätte dir noch etwas Ruhe gegönnt!" Aber Dörte sagt: „Ach, dann sind die Kinder altersmäßig so weit auseinander!" Ich sagte: „Ich werde auch alt. Schon besser jetzt als später. Und Wohnraum können wir auch nicht besser haben als jetzt." Am Abend sackte ich todmüde ins Bett. Dörte auch.

Jetzt möchte ich noch von den Schattenseiten des gestrigen Festtages schreiben: Vorhin sirupdunkelartig in der

Küche. Dörte jammerte: „Schlagt mich doch tot, wenn ich alles falsch mache!" Ich war ganz erschrocken. Wir hatten uns gekabbelt um den Besuch. Virginia hatte wohl Belag von der Schnitte abgegessen und die Schnitte blieb liegen. Das hatte Dörte zur Weißglut gebracht. Genauso gestern: Alle saßen und unterhielten sich. Mutter Lichterfelde stand auf und fing in der Küche mit Abendessenvorbereitungen an. Die Kinder saßen mit Dörte auf dem Balkon und spielten. Plötzlich kam Dörte mit Explosionsaugen durch das Zimmer: „Gerhard, ich muss Mutter helfen, geh du zu den Kindern, die beißen sich." Ich ging auf den Balkon.

Heute Mittag. Ein Wort gab das andere. Ich sagte von meiner Beklemmung über die Achtlosigkeit Ursels in solchen Dingen. Und ich übertrieb: „Was soll ich machen? Nun geht es bald auf meinen Geburtstag zu. Soll ich sie nicht mehr einladen, weil sie ihre Fehler mitbringen? Hast du nicht auch welche? Sollen wir deshalb Familienfeste ausfallen lassen? Sollten wir uns nicht besser mit ihnen aussprechen, als uns fremder und fremder zu werden?" So oder so ähnlich. Dörte darauf: „Ich hab mich gar nicht beklagt!" Und dann kam dieser todfremde (aus welchen Tiefen?) Stoß: „Warten wir ab ..." Als ob sie ein Schlimmes herbeizieht unter der Last, die wir ihr alle sind.

Ach, die Arme. Sie hat jetzt große Ischias-Schmerzen, Heißwasserkissen nachts unterm Gesäß. Und sie meint, zum Arzt gehen hätte keinen Sinn. Vor der Speisekammer habe ich sie vorhin umarmt. Tut mir weh, dass wir ihr so schwer sind. Dass sie so Fremdes von so weit her sagt und doch auch gedacht hat. Ich hoffe, es ist nur die dunkle Nachfestkaterbrille, die einen so müde Dunkles ausspucken lassen kann. Sie hatte in den letzten Nächten so wenig geschlafen.

9.6.59 Gerhard

Vor dem Schlafengehen. Nebenan plättet Dörte. Wir sprechen durch die offene Tür immer wieder über das alte Würgen im Haus. Hat Hausmeister Seeck aus Niedertracht letzten Sonnabend vor der Chorprobe den Konfirmandenraum abgeschlossen und war mit dem Schlüssel verschwunden, dass der Chor fast eine Stunde warten musste, um hereinzukommen? Wirft er aus Niedertracht die vertrockneten Blumen auf unser Gartenstück, nun fast regelmäßig aus dem Fenster? Werden jetzt auf den Altar absichtlich armseligste Blumen gestellt, weil ich ihm gesagt hatte, Blumen sind ein Altaropfer? Ist unsere Wanne im Keller von ihm aus Niedertracht gewaltsam verbeult worden? Hat er in Dörtes Gummistiefel in der Waschküche Wasser gekippt? Nur weil ich ihm gesagt habe, er solle die Glasscheiben endlich woanders hinstellen, die schon den ganzen Winter vor unserer Kellertür stehen? Dass kaputte Glühbirnen im Keller nicht mehr ersetzt werden, all diese Dinge, die plötzlich gehäuft um uns herum passieren, ist das Niedertracht?

Ach, ich möchte immer wieder sagen, nein. Ich will das nicht so sehen. Ich möchte jeden Tag neu anfangen. Und kommt er mir dumm, dann zeig ich ihm die Grenze und dann hat sich's. Wie schade, ich hätte ihn gern in guter Nachbarschaft. Zu komisch dieses Anstoßnehmen und Beleidigtsein, Züge und Rückzüge und Ränke und Angst immer wieder, Angst zwischen christlichen, hauptamtlichen Mitarbeitern, und Angst, man könnte zu kurz kommen.

Juni 1959 Dörte

Goldfisch

Im Lutherhausgarten gibt es ein kleines Becken mit Goldfischen. Männlein kommt, als er die Fischlein das erste Mal entdeckt, besorgt zu Mutti: „Mutti, sieh mal, da sind Mohrrübchen drin!" Mutter erklärt, dass es kleine Fische, Goldfische, sind. Als es Tage darauf Fisch zum Abendbrot gibt, fragt Mutter: „Was möchtest du aufs Schnittchen?" „Bitte mit Goldfisch!"

Mutti kann nicht?

Männlein muss mit einem Bienenstich unter der Fußsohle liegen, nachmittags im Liegestuhl auf dem Balkon. Mutter sitzt mit Stopfzeug daneben. Wir sind beide allein zu Hause. Zuerst baut und spielt er herrlich. Plötzlich findet er Gefallen daran, alles runterzuwerfen. Einmal hebt Mutter es auf, das zweite Mal sagt sie: „Nein, Männlein, immerzu kann Mutti dir das nicht aufheben!" Darauf er: „Aber Mutti, du kannst nicht? Du bist doch schon ein großer Junge!"

25.6.59 Gerhard

Heute hatte Dörte wieder ihren Ärger mit Seecks. Frau Seeck hat ihre Sachen aus der Waschküche geräumt, endlich, ihre Wannen, ihren ständigen Plunder, aufgrund der Aussprache über gemeinsame Waschküchenbenutzung und Einteilung: Montag und Dienstag Dörte, Mittwoch und Donnerstag Frau Seeck. Sie hat daraufhin auch die Wäscheleinen abgeschnitten. Im Eifer oder Zorn? Die Strippen-Enden hängen nun traurig herunter. Dörte platzt fast vor Wut. Sie wittert Böses, hat Angst vor ihr, dass sie ihr im Dunkeln ein Bein stellt.

Komisch mit Seecks. Fast alle hier haben Angst vor dem Hausmeisterehepaar. Auch ich. Ich muss mich immer mit Luft vollpumpen, ehe ich in irgendeiner unangenehmen Sache den Mund aufmache. Hab's heute nicht getan. Seecks sind recht dumm, dass sie nun querschießen, bellen, brummen, schimpfen. Immer wieder gegen Dörte und mich. Sind wir doch ihre Chefs.

5.7.59 Gerhard

Am Nachmittag Besuch beim Organisten Sohn mit Frau und Tochter, in ihrem neuen hübschen Häuschen in Wittenau. Es ist hübsch. Dankbar bin ich, dass sie es nun haben. Die erste Verstimmung zwischen Sohns und uns kam ja daher, dass sie mit in unsere Pfarrwohnung ziehen wollten. Sie hielten uns für Idealchristen, denen es nichts ausmacht, zusammenzurücken, um sie aufzunehmen. Frau Sohn war schwanger damals. Sie hatten gedroht, schuld am Tod ihrer Eltern zu sein, wenn wir sie nicht aufnähmen. Ich schämte mich, kein Idealchrist zu sein. Dörte hatte mich davor bewahrt. Sie warnte vor dem launischen Ehepaar. Warum nicht gleich eine eigene Wohnung ansteuern, statt ein Provisorium?

Nun, jetzt haben sie sie. Und ich bin dankbar, damals kein Idealchrist gewesen zu sein. Klar wäre es gut, wenn man sein Haus als Zufluchtstätte in Notfällen anbieten könnte. Aber darüber bin ich mir inzwischen klar, die meiste solcher Last läge auf Dörte. Und Dörte hat jetzt Not mit der Last ihres werdenden Kindleins, im Haushalt mit den drei Kindern, und mit dem, was sonst alles bei uns anklopft und anfragt, und mit ihren jetzt dünnen Nerven.

Am Sonnabend meine Reise zu Ursel und Wolfgang. Am 18.6. war Wolfgang schwer verunglückt, doppelter Schädelbruch, Koma. Seitdem hatte ich versucht, einen Passierschein zu bekommen, aber der wurde mir immer wieder abgelehnt. Jetzt endlich durfte ich rüber. Seit fünf Jahren der erste Besuch in der Zone. Wolfgang traf ich im Krankenhaus verhältnismäßig munter an. Er hob im Bett seine Beine mir zum Gruß. Es scheint mit ihm bergauf zu gehen. Danach im Wriezener Pfarrhaus. Nach Langem hatte ich mal Zeit für Ursel. Komisch, dieses gute Bruder-Schwester-Verhältnis. Sie hält mich hoch in Ehren. Da mein Bild in der Wohnzimmerecke, wie eine Ikone aus der Jugendzeit. Wie anders bin ich dreißig Jahre später. Und doch noch dem damals ähnlich.

13.7. - 3.8.59 Sommerurlaub in Hinterzarten / Schwarzwald

17.7.59 Gerhard

Nun sind wir in Breitnau im Schwarzwald, tausend Meter hoch. Dicht dabei das Ravennatal, das spätere Höllental mit dem berühmten Hirschsprung. Durch ein niedriges Fenster des Bauernhauses sehe ich auf den kleinen Buddelkasten des Nachbarhofes mit zwölf Kindern. Christian *(Buba)* war denen irgendwie zu nahe gekommen. Nun bedrohen vier Kinder den kleinen Städter. Erst hatten sie gerufen. Christian hatte sie nicht verstanden, zog sich aber vorsichtig in den Bereich unseres Hauses zurück. Ach, wie viel von Christian war früher auch in mir, ist noch in mir. Dieses Troddel-Träumerische, immer 30 Meter hinterher.

Nachts kommt durch das offene Fenster die würzige Nachtluft. Sie kriecht bis tief in die Lungenspitzen hinein. Räumt da auf. All die Stadtluftreste treibt's hinaus. Unwillkürlich atmet man tiefer.

Männlein ist ein niedlicher Kerl. So freundlich zu allen. Alle haben ihn lieb. Ach, er hat unser aller Lebenslust, Dörtes, meine, Christians und Abus.

Juli 1959 Dörte

In „Rarswald" fahren, das war schon vorher das Stichwort für Männlein. Zur Fahrt trug er seinen kleinen Rucksack mit „Lelo", dem Löwen obenauf, lief als erster vom Haus auf die Taxe zu, war auf dem Bahnhof beim Einsteigen kaum zu halten und zitterte vor Erwartung aller Dinge, die kommen sollten. Endlich angekommen, pflückt er „ßöne Margarinchen", läuft Schäfchen und Kühen hinterher, möchte alle streicheln und mit ihnen spielen. Nicht nur mit Tieren, mit allen fremden Leuten schließt er Freundschaft, lacht sie an, erzählt mit ihnen. Die Buttermaschine der Hauswirtin interessiert ihn besonders: „Tante Hug, was ist das? Was macht man damit?"

Bitte keinen Tee

Fast eine Woche hat er ein krankes Bäuchlein, Mutter weiß sich keinen Rat, als ihn rigoros hungern zu lassen und ihm nur Pfefferminztee zu geben. Den hat er sich dann so gründlich übergetrunken, dass er später noch, sobald Mutter sagt, sie will Tee kochen, sehr ängstlich einwendet: „Aber Mutti, du brauchst nicht, mein Bäuchlein ist ganz gesund!"

Kasper

Einen einzigen kinderfeindlichen Mann haben wir hier erlebt, der seinen Hund ausgerechnet auf Männlein hetzte, so dass er umgeworfen wurde. Vater wurde sehr ärgerlich und schimpfte noch auf dem Nachhauseweg: „So ein Kasper!" Im Hause bei Hugs waren gerade neue Feriengäste angekommen, auf den älteren Herrn ging Männlein gleich zu: „Guck mal, Kasper, was ich hier habe!"

4.8.59 Dörte

Im Schwarzwald hatten wir Christians Geburtstag gefeiert. Nun, kaum von der Reise zurück, hatte Mutter alle Hände voll zu tun, um Erdmanns Geburtstag auszurichten. Er konnte vorher gar nicht genug daran erinnern. Am Geburtstagsmorgen war er dann zuerst auf, ging ins Elternschlafzimmer und fragte: „Wo hab ich denn Deburtstag?" Wir flöteten im Bett. Das war falsch: „Ihr müsst zu mir kommen!" Aber dann war wirklich alles, was zu einem Geburtstag gehört, da: Kränzchen, Lichter und der Geburtstagstisch. Mit seinem Kränzchen auf dem Kopf lief er benommen hin und her: „Iß bin der Deburtstagsmann!" So hat er den ganzen Tag gefeiert, bis er abends todmüde ins Bettchen plumpst. Am nächsten Morgen kommt er in Muttis Bett gekrochen: „Mutti, wieder Deburtstag feiern!"

7.8.59 Gerhard

Es war ein schöner Urlaub. Nur, dass ich zu schwach bin, dem Morgenkaffee zu widerstehen. Ich hab einen kleinen Bauch mit nach Hause gebracht. Aber wir sind alle etwas braungebrannt. Dieses Leben da oben im Schwarzwald wirkt irgendwie innen. Ich merke es an meinen Träumen jetzt.

Heute, als ich nach Hause kam, empfing mich Dörte mit ihrer Not gegenüber Seecks. Frau Seeck ist ja reichlich frech zu ihr und krötig. Was machen uns unsere Hauswartsleute doch für Nöte. Aber wir müssen ihnen die Stange halten. Gerecht haben wir zu sein, aber die Frechheiten zurückzuweisen, ihnen die Grenzen abzustecken.

24.10.59 Gerhard

Heute mit Christian bei Mutter in Biesdorf. Ich seh ihn bei der Herfahrt von der Seite an. Seine Backe hatte immer noch Striemen von der Backpfeife heute Morgen. Wie tut mir das weh, wenn ich ihn strafen muss. Jetzt ist er bedrückt und artig. Das bedrückt mich. Und am Abend bekam er auch noch Ohrenschmerzen. Was mache ich mir für Vorwürfe.

November 1959 Dörte

Haushaltsbuch November:

Wirtschaftsgeld 450 DM (Lebensmittel, Zeitung, Rundfunk, Gas, Haushaltshilfe, Schukostecker, Kochtopf, Wäsche, Anzahlung Hose, Kindergartengebühr, Kollekte, Taschengeld Abu, Zeichenblock)

Sonderausgaben 100 DM (3 Paar Schuhe, Anorak)

Tine

17.12.59 Gästebuch Oma Biesdorf

Gestern bin ich hier angekommen, um während Dörtes Abwesenheit die drei Zurückgebliebenen zu betreuen. Männlein ist in Lichterfelde. Dörte ging heute früh kurz vor 7 ins Paul-Gerhard-Stift und um 8:55 war die Geburt. Hurra, das ersehnte Mädchen ist da! Herzlichen Glückwunsch für Mutter und Kind!

17.12.59 Dörte

Alles nett im Paul-Gerhard-Stift. Schwester Charlotte rührend geholfen. Besonders qualvoll der Durchtritt des Köpfchens, und dann wieder so zum Weinen und Lachen zugleich: wenn das Kindlein daliegt und aus Leibeskräften schreit, dann möchte man alle fest umarmen, die dabei geholfen haben. Sehr genau das Abnabeln beobachtet, das Baden und Fertigmachen, und dann bekam ich mein Töchterlein in den Arm. Von da an galten alle Schmerzen nicht mehr.

18.12.59 Dörte

Heute wurde das Kindel das erste Mal angelegt, hat sich ganz geschickt beim Trinken angestellt, hat das erste Mal seine blauen Guckerle aufgemacht. Das erste Kind mit Haaren! Fast hat es Ähnlichkeit mit Abu früher. Auf jeden Fall ist es ein Kühnchen mit Pausbacken und Stubsnase. Fast acht Pfund hat es gewogen, unser schwerstes, und 52 cm lang war es. Wie ein Traum, dass nun alles Schwere vorbei ist, dass das Kindel, und dazu ein Mädchen, da ist.

22.12.59 Dörte
Zorn, Tränen, Auflehnung – ich sollte noch nicht entlassen werden. Und jetzt doch so ein überwältigendes Weihnachtsgeschenk! Ich bin zum Überfließen voll Freude. Und das Kindel wächst und nimmt zu und schlägt die Blauäuglein auf und lacht. So viel Glück!

24.12.59 Gerhard
Dörte mit Tine wieder zu Hause, als Weihnachtsüberraschung. *Die drei Geschwister sahen das „Christkind" erst, als sie in die Weihnachtsstube geführt wurden.*

30.1.60 Gerhard
Heute habe ich bewusst frei gemacht. Nachdem es in den Wochen davor nie dazu kam. Wie gut das tut. Habe Lebensmittel eingeholt für Dörte. Ich hatte Spaß daran. In Ruhe einkaufen. Mich in der Schlange anstellen in der Post, dann in der Markthalle, und warten können im Sonnabendbetrieb, das ist schon eine feine Sache. Nicht mit meinen Gedanken woanders sein, sondern da, wo ich stehe. Danach in der Wohnung repariert und ausgiebig nach dem Rechten geschaut. Den Kindern las ich vor. Spielte mit Abu und Männlein von der Badewanne zum

Nachttisch „Flughafen Tegel". Der Abu gefiel ihr Vater heute. Aber auch der Dörte ihr Mann. Ich drehte das Radio an, und als Jazz kam, so ein drängender, da legte ich das Handtuch hin, nahm Dörte das Handtuch aus der Hand und tanzte mit ihr im Freihandstil. Wir machten uns trunken vom Drehen. Dörte guckte mich ganz begeistert an. Was bin ich dankbar.

17.3.60 Dörte
Unsere Tine mussten wir nach vielen Schmerzen ins Krankenhaus bringen. Sepsis, multiple Abzesse. Musste mehrere Male geschnitten werden.

2.4.60 Gerhard
Christians erster Schultag. Vorher der Schulanfänger-Gottesdienst im Lutherhaus.

12.7.60 Gerhard an Dörte
(Sie war mit Abu zur Hochzeit ihrer Cousine nach West-deutschland gefahren.)
Gestern Abend haben auch wir hier feste gepoltert, heute Abend wollen wir tanzen. Wir sind den ganzen Tag in Fest-stimmung. Tine geht es prächtig, sie trinkt ihr Fläschchen gut, schläft, kakelt, dass man seine Freude hat. Christian hat ja seinen letzten Schultag heute vor den Ferien, das macht ihm besonderen Spaß. Auch, dass wir dann in den Ferien einen Zoobesuch machen. Die beiden Jungen sind ganz manierlich. Oma hat sie bei lockerer Leine doch fest in der

Hand. - Auch liebe Küsschen an Abu. Männlein fragte dauernd nach ihr: „Wo ist sie denn, wo ist sie denn?"

25.7. - 19.8.60 Sommerurlaub in Scharbeutz / Ostsee. Erst nur Gerhard mit den beiden Großen, später kamen dann Dörte und Männlein nach. Tine blieb bei Oma Biesdorf.

30.7.60 Gerhard an Dörte
In dieser Nacht haben wir herrlich geschlafen. Heute wunderbares Wetter. Die Kinder munter. Heute haben wir einen Strandkorb bekommen. Unsere Quartiersleute rührend um uns bemüht, so ein Vater mit zwei kleinen Kindern zieht die Fürsorge anderer direkt an. Wir wohnen oben dicht am herrlichen Wald, 20 Minuten vom Strand entfernt. Übrigens Dörte, du kannst ohne weiteres nachkommen. Das machen die Quartiersleute unter der Hand. Kommst du?

31.7.60 Gerhard an Dörte
Gestern haben wir den schönen Sonnentag bis aufs äußerste ausgenutzt. Mittags gab's Milchreis mit Zimt und Zucker in der Milchbar. Die Kinder sind gesund und frisch, schon braungebrannt. Ich soll's dir nicht verraten, sie wollen dich damit überraschen.

1.8.60 Gerhard an Dörte
Lieber Erdmann, zum vierten Geburtstag gratulieren wir dir und denken sehr an dich. Gerade machte Abu ihren

Mund spitz und sagte: „So kaspert er immer, mal nach rechts und mal nach links!" Wir sind hier sehr lustig. Jeden Tag baden wir. Heute paddelte Christian in unserem Schlauchboot, die Wellen hoben ihn hoch und ließen ihn wieder in ein Tal fallen. Wir denken, wenn du deinen Geburtstag schön gefeiert hast, kommst du auch her mit Mutti. An deinem Geburtstag werden wir dir morgens ein Lied singen. Mach die Ohren mal lang, vielleicht hörst du es.

4.8.60 Dörte an Gerhard

Ihr lieben Drei! Heute an Erdmanns Geburtstag denken wir sehr an euch. Ob ihr auch so schönen Kirschkuchen gegessen habt? Und Marienkäferchen? Bolla hatte ganz feine gebacken. Bolla hatte ihm auch einen wunderschönen Kranz geflochten. Dann ging es an den Geburtstagstisch, und er war glücklich! Euer Päckchen kam gestern an mit den schönen Bildern und Briefen. Tinchen bekam zum Mitgeburtstag von Oma ein rosa Kleidchen, sie sah darin zum Anbeißen aus! Tante Giehler *(Pfarrfrau)* hat sie den ganzen Nachmittag gehalten und nachher gefüttert, und Bolla hat sie trockengelegt. Sie kann sie jetzt schon so fein baden und wickeln! … Montag fahre ich mit Erdmann ab. Das Wetter wird wieder sonnig! Wir kommen!

Gerhard an Dörte

Wir feierten aus der Ferne mit und dachten an euch. Das Wetter hier im Moment ungemütlich und kühl, aber

Christian hat keine Temperatur mehr, muss aber noch im Bett bleiben. Das Virus geht hier rum. Gestern einen längeren Schnack mit den Quartiersleuten gehalten, sie sind 1946 mit ihren Kindern hier als schlesische Flüchtlinge gestrandet und bei Bauern eingewiesen worden, die sie auf fürchterlichste Weise schikanierten. Die Flüchtlingsfamilien wurden beschimpft, bespuckt, sie wurden ausgesperrt, den Kindern heißes Wasser über die Füße gekippt, sogar Sprengkörper ins Brennholz gemischt. Frau Schmiauke lag nach der Explosion des Kaminholzes einen Monat im Krankenhaus und wurde fast blind.

Die Polizei war an Aufklärung nicht besonders interessiert. Schließlich schlug noch der Bauer die Zimmertür mit einem Beil ein. Später verhalf der Staat den Flüchtlingen zu kleinen Flüchtlingshäuschen im Eigenbau. Firma Brandenburg aus Rügenwalde ist der einzige Betrieb hier, bei dem nur Flüchtlinge arbeiten.

5.8.60 Gerhard an Dörte
Mit großer Begeisterung sangen wir gestern Vormittag Songs aus dem Eisbrecher (*Liederbuch „Der Eisbrecher"*), so von „Sitta, dem Berbermädchen", "Atte katte nuva" und andere. Wir stören ja hier keinen und können aus vollem Hals schallern. Abends werden immer Märchen vorgelesen. Abu liest auch noch viel zwischendurch. Wir schlafen recht viel. Und es ist zu schön, wenn wir morgens rundum ausgeschlafen am Kaffeetisch die knuspri-

gen Brötchen futtern und dann doppelt unternehmungs-
lustig sind. Ich genieße Muße und Stille, Blumen und
Gras vorm Fenster, Kinder, Himmel mit Wolken und
Regen, Melodien, das Meer, Märchen. Wie gut das tut
mit den Kindern!

8.8.60 Dörte

Zugfahrt nach Lübeck, wir bekommen mit Müh und Not
noch zwei Plätze. Erdmann fragt: „Mutti, wann steigen
die Leute alle aus? Ich will doch mal ans Fenster!" Später
macht ein netter Schweizer Erdmann seinen Fensterplatz
frei. Er sitzt nun dessen Tochter Bärbeli gegenüber, sie
redet mit ihm schweizerisch. Er denkt aber, sie kaspert,
und das mit ernstem Gesicht. So antwortet er sehr ernst
mit Nicken des Kopfes: „Gock gock auch gock". Alles
lacht, aber die beiden verstehen sich prächtig.

An der Ostsee macht er seinen Eltern Freude, seinem
pommerschen Großvater Ehre. Er ist eine dolle Wasserratte, taucht, springt, geht bis über die Schulter rein und
kann gar nicht genug kriegen. Jedesmal gibt's Geschrei,
wenn er raus soll.

10.8.60 Oma Biesdorf an Dörte und Gerhard

Ganz Biesdorf ist entzückt über euer kleines Spätzchen,
ihr Lächeln, ihre Blauäuglein. Ein junger Mann holte vor
dem HO-Laden seine Frau, sie solle sich das süße Kind
angucken. Tine hatte eine Hand über den Augen, blinzel-

te drunter durch und zog dann die Hand weg, lächelte und hielt sich die Augen wieder zu. So findet sie hier überall Freunde, die sich über ihre gesunde braune Farbe wundern. Wir bekamen frisch gepflückte kleine Erdbeerchen geschenkt, die haben ihr geschmeckt.

12.8.60 Dörte an ihre Mutter
Gerhard kommt eben mit den beiden Großen vom Schwimmen. Abu kann es schon beinahe. Bisher haben sie Tauchen gelernt, jetzt ist Schwimmen dran. Erdmann taucht mit und stürzt sich immer wieder ins Wasser, springt von der Brücke, lässt sich auf Vaters Rücken weit hinausnehmen. Außer Schwimmen, Essen, Lesen tu ich nichts als schlafen.

Wenn du Tine mal haben willst, schreib doch mal an Biesdorf-Oma. Es geht ihr gut, heute bekam ich gerade Nachricht.

10.9.60 Gerhard
Nun wird es schon kühler. Der Sommer ist vorbei. Ich muss nun öfter meine Brille tragen. Die Augen sehen nicht mehr gut beim Lesen und Schreiben. Heute am Sonnabend hatte ich etwas frei. Abends bin ich ins Kino gegangen. Ich sah den schwedischen Film „Mein Kampf". Ab und zu konnte ich nicht anders als stöhnen. Die Ghettoszenen aus Warschau, die Stimmen Hitlers und Goebbels in ihrer Primitivität. Wie die Führenden vor der Anklage sagen: Ich hab das nicht gewusst, nicht gewollt, ich hab den Befehl ausgeführt

und nichts weiter. Das Kino war vollbesetzt. Am Anfang krakeelte ein Mann, er klatschte, als Hitler gezeigt wurde und rief Pfui, als Kommunisten zu sehen waren. Er wurde dann hinausgeworfen.

In diesen Tagen sperrt der Osten den Ostsektor. Vorerst für Westdeutsche. Wie lange wird es dauern, dann auch für uns? Wie lange dann können Mutter und Ursel und Wolfgang nicht mehr zu uns kommen? Wieviel kurzsichtiges Unrecht wird geschehen. Der Film, den ich heute sah, sagt es mir kompakt, was wir da alles angerichtet und ausgelöst haben in der Weltgeschichte.

Inzwischen ist nun unsere Tine prächtig gediehen nach ihrer schlimmen Krankheit damals. Unser viertes Kind macht uns große Freude. - Abu beginnt im Oktober mit Klavierunterricht.

1.1.61 Gerhard

Manchmal irritieren mich die Spannungen zwischen Dörte und mir. Wir sind schnell explodierende, entsetzte, beleidigte, falsch verstehende, anklagende, stöhnende, kleinmütig verzagte, wie an Ketten zerrende, ausbrechen wollende, kraft- und mutlose, übernervöse, unausgeglichene, unpädagogische, zankend, schmollend und sich fast beißende Eltern. Ich gebe Dörte viel Schuld. Aber die Last der vier Kinder wird ihr zu schwer. Dazu Tines Keuchhusten, die Last der Festtage und der Besuche mit all den Vorbereitungen und dem ganzen So-und-so-muss-das-sein. Ich reagiere oft unwirsch, anstatt dass ich aufmerksame Augen bekomme, wo ich wohl helfen kann, wo ich Brücken bauen kann.

In ihrer Not treibt sie sich selbst hundert Stacheln unter Wehlauten ins eigene Fleisch. Dazu gehören die Stunden, die sie sich an Schlaf raubt und sich selber aushöhlt, die Schritte, die nicht die Erde berühren, die Handgriffe, die nicht die Arbeit treffen, die Worte, die hastig reden ohne den anderen zu sehen, die Ausflüsse all der Last. Und ich komme mir dabei so dumm vor.

6.1.61 Dörte

Ein Jahr ist es heute schon her, seit Tine getauft wurde. Ein schöner Tag war es, unter dem Epiphanias-Morgenstern. Ein Jahr voller Gefahren, aber auch voller Bewahrung. Im Frühjahr Krankenhaus und Sepsis. Fünfmal wurde sie geschnitten. Im Spätsommer eine Mittelohrentzündung, wo das Trommelfell durchstochen werden musste. Mit den Öhrchen und Erkältungen hatte sie bis jetzt viel zu tun, nun macht sie gerade Keuchhusten schlimmster Sorte durch. Aber sie ist dennoch dabei gewachsen, ein großes, fröhliches Kind geworden.

Beim Zubettgehen ruft Mutter in die Wohnung: „Macht bitte die Türen zu, es zieht für Erdmann!" Er fragt: „Mutti, wo ist der Zieher?"

Neulich, Schwesterchen schreit. Erdmann: „Mutti, hörst du?" „Ja ja, lass sie ruhig ein bisschen schreien!" Erdmann: „Bist du eine Mutter! Lässt dein Kind schreien!"

16.4.61 Gerhard

Zwischen Januar und jetzt war mal eine Zeit zum Aus-der-Haut-Fahren. Wir beide waren uns fern und bissen uns viel. Aber dann so auf Ostern zu renkte es sich wieder ein und wir waren gut miteinander. Wir sind aufmerksamer und finden gegenseitig besser die Tür zum Ausschwingen. Ich bin dankbar für das, was mir geschenkt wird. Und jedes Mal etwas wie neu. Wie eine neue Landschaft.

Ein Mensch war am 12. April zum ersten Mal im Weltraum. Zum 33. Geburtstag meiner Frau.

Heute regnet es viel. Die Blüten an den Bäumen aufgebrochen. Die Blätter sind schon überall raus. Sehr zart. Ich war mit den großen Kindern im Tegeler Fließ. Im Regen. Aber ein bisschen mussten wir raus. Dörte war inzwischen mit Tinchen zu Haus. Ich hatte heute dienstfrei. Fast übermütig über den freien Tag singe und pfeife ich und mache mit den Kindern Unsinn.

26.7.61 Gerhard

Die Berliner Kirchentagswoche ist nun vorbei, in zehn Tagen habe ich Urlaub. Keine Predigt mehr bis dahin. In diesen Tagen wird nur noch nachgearbeitet. So mit der linken Hand. Heute ist der erste warme Tag. Nun soll es Sommer werden. Eben steht Dörte an der Tür. Wie sehr ich sie begehre. Vorgestern Nacht, was war sie müde. Und trotzdem. Am nächsten Tag war sie frisch und quick. Wie aus einem Jungbrunnen gestiegen. Fröhlich und heiter den ganzen Tag. Und auch heute ist noch davon in ihren Bewegungen und Augen und Lachen. So scheint es mir. Alles andere, ihre heftigen Rückenschmerzen, ihre Appetitlosigkeit, ihre Geschmacks- und Geruchsempfindlichkeit sind nur wie nicht ernstzunehmende Wölkchen am Rande.

Warum schreibe ich das? Um um sie zu sein. Fortzusetzen die Küsse auf Hals, Arm, manchmal einen Biss. Den Mund kriegt man nicht immer. Ein merkwürdiges Spiel zwischen uns. Man wird älter. Ich bin doch nun 48 Jahre alt. Als ob ich jetzt erst die Süßigkeit dieser Gemeinsamkeiten entdecke. Aber auch Dörte. Mit immer neuen Erfahrungen. So ein Stück vom Paradies. Was bin ich verliebt in meine Frau. Wie die Mitte eines Strudels. Wie gerne lasse ich mich immer wieder auf sie zu treiben. Bei aller Borstigkeit, allem Kummer, bei allen Nöten zwischen uns beiden.

Bin den Tag über fast faul. Komme mir vor wie ein Drückeberger. Auch wenn Dörte mich dies und jenes bittet, im Garten helfen, Spielzeug heilmachen. Manchmal überhöre ich ihr Rufen. Da trage ich mein Wämpchen von Sessel zu Sessel. Vom Keller zum Boden. Von der Waschküche zum Kinderzimmer, wo ich den Kleinen aus einem großen Karton ein Häuschen zum Reinkrabbeln mache-

Mutters Bein ist besser geworden. Sie will im Herbst zu uns ziehen. Ihr Häuschen in Biesdorf wird verkauft.

4.8.61 Brief an Erdmann vom Geburtstagsmann
„Heute Morgen wollte ich dir was ganz Schönes bringen. Aber ich hatte etwas Angst, dass du mir in den Rücken beißt, so wie du deiner Schwester gestern in den Rücken gebissen hast. Das wollte ich nicht. Deshalb schreibe ich dir diesen Brief. Du hast heute Geburtstag. Wie alt bist du geworden? Fünf Jahre? Bist ja nun gar kein kleiner Mann mehr. Wenn du versprichst, keinen mehr zu beißen, dann geh doch schnell zum Vater und bitte ihn, aus dem Laden in der Müllerstraße das abzuholen, was dort für dich bestellt wurde. Vorn und hinten was Rundes, in der Mitte was Gerades, nach oben was zum Festhalten. Ich gratuliere dir schön zu deinem Geburtstag. Dein Geburtstagsmann."
So bekam Erdmann seinen geliebten Roller.

5.8. - 27.8.61 Urlaubsreise mit der ganzen Familie und Bärben nach Langeland, Haus Nanok bei Nyköbing.
Am 13.8. wird die Berliner Mauer gebaut.

8.8.61 Dörte an die Eltern

Wir haben die ziemlich anstrengende Herreise *(mit der Bahn über Rostock)* jetzt verkraftet und haben es mit dem Häuschen sehr hübsch getroffen. Eben hat Gerhard den Kamin wieder angezündet, weil es draußen doll regnet, wie gestern, vormittags Sonnenschein, nachmittags Regen.

10.8.61 Dörte an die Eltern

Heute war der zweite ganz herrlich sonnige Tag ohne Regen und Wind. Wir waren vormittags mit den Kindern am Strand, Tinchen buddelt herrlich, die Jungs bauen Burgen und Gräben, Abu übt Kopf- und Handstand. Beim Baden sind sie jetzt alle ganz närrisch. Abu hat mit Tinchen gebadet, immer tiefer gingen die beiden, Tine konnte nicht genug bekommen. Bisher war sie ja eher wasserscheu. Aber jetzt kann Opa stolz sein.

Nachmittags hat Bärben mit den beiden Großen einen weiten Marsch zur Fähre nach Hundsted gemacht. Um 9 Uhr abends kamen sie angeschlichen, voll von all dem, was sie gesehen hatten. Jetzt schlafen sie alle wie die Ratzen. Mir geht es jetzt wieder ganz gut, nach der Reise hat am Dienstag und gestern der Magen doll rebelliert, der Rücken und die Schultern dazu. Aber heut geht es sehr viel besser, so dass ich schon mit am Strand war.

Unser Häuschen liegt herrlich zwischen Wald und Heide. Morgens nach dem Anziehen können die Kinder gleich abstromern. Erdmann ist dabei ganz süß mit Tinelein. Sie ziehen immer zu zweit los in den Wald, um in ihren Eimerchen „Schäfchen" *(Kienäppel)* für den Kamin zum Feuermachen zu sammeln. Heute Nachmittag, als ich draußen saß, kam er bald wieder, sie in einiger Entfernung dahinter, und sagte: „Nein Mutti, wenn Tine mir nicht mehr gehorcht, kann ich nicht mehr mit ihr gehen. Ich habe gesagt: Tine, komm! Und sie ist einfach nicht gekommen!" Sprach's und verschwand allein. Tine hat dann sehr schön bei mir gespielt.

Ich lege mich jeden Mittag hin, heute dick eingepackt in den „Legestuhl" (Erdmann) draußen. Mit der Kocherei klappt es gut. Gerhard, der von den reizenden dänischen Nachbarn ein Rad geliehen bekommen hat, holt in Nyköbing in einem Selbstbedienungsladen ein. So, nun Schluss für heute, es schnarcht schon um mich herum und meine Petroleumlampe wird schon dunkler.

14.8.61 Dörtes Vater an Dörte
Wir haben diese Tage in starker Unruhe verlebt, gestern kamen die ersten Sondermeldungen durchs Radio über die Trennung West-Berlins von Ostberlin und der Zone. Auch die Straße nach Teltow *(direkt an Lichterfelde angrenzend)* ist schon mit Drahtverhauen versperrt und mit Wachtposten besetzt. Am Brandenburger Tor, am Potsdamer Platz und anderswo sind russische Panzer aufgefahren und Sperrketten gezogen. Alle, die über Sonntag aus dem Osten hergekommen sind, werden nicht mehr zurückgelassen.

23.8.61 Dörte an ihre Mutter

Von Oma Biesdorf haben wir auf unsere Karten und Briefe keine Antwort mehr bekommen. Unser Zug läuft am Montag um 6:16 am Ostbahnhof ein. Wie es dann weitergeht, ist uns schleierhaft. Wahrscheinlich mit der S-Bahn bis Friedrichstraße und dort durch die Kontrolle? Wir wollen morgen schon mehrere Pakete fertigmachen und abschicken, damit wir nicht so irrsinnig viel Gepäck mit den übermüdeten Kindern dabeihaben.

Bei uns ist das Wetter jetzt herbstlich-stürmisch mit einzelnen Sonnenstrahlen zwischendurch. Am Tag wird Holz gesammelt, abends der Kamin angezündet. Heute früh ist Gerhard mit den drei Großen zu einer Radtour um die Klippen gestartet. Ich musste ihnen ein Bombenfrühstück machen mit Haferbrei und Ei, so dass sie eine Sondersitzung abhalten mussten, bevor sie abfuhren. Am längsten natürlich Christian. Sie kamen mittags zurück, hatten viel gesehen und erlebt.

Nur Erdmann, das Schäfchen, war der Abu kurz vor dem Ziel wieder mit dem Fuß, diesmal dem linken, in die Speichen gekommen. Es sind aber nur Hautabschürfungen und ein Bluterguss, und er tappelt jetzt in seinen Pantinen munter umher. Gerhard hilft doll mit und macht auch hier und da im Haus bei der Abwäsche ordentlich mit, so dass wir gut zurechtkommen.

Abschied

29.8.61 Gerhard

Gleich nach unserer Rückkehr war Dörte bei unserer Hausärztin. Heute musste sie ins Lazarus-Krankenhaus in der Bernauer Straße.

1.9.61 Gerhard

Ich wurde zum Arzt Dr. Paepra bestellt. Dörte hat Leberkrebs. Eine medikamentöse Behandlung wird versucht, um die starke Metastasenbildung und -streuung einzudämmen. Über den Ernst ihres Zustandes war Dörte sich klar, wenn auch auf ärztliches Anraten hin die genaue Diagnose verschwiegen wurde.

4.9.61 Dörte

Mutter hat solche Sehnsucht nach ihren Kinderlein, besonders nach der Jüngsten, deren Bild auf ihrem Nachttisch steht, dass es ihr gut tut, von ihr zu erzählen: Fast alle Kinderkrankheiten hatte sie dieses Jahr überstanden, Keuchhusten, Windpocken, Masern, und als sie immer noch hustete, beschlossen wir, wir müssen dieses Jahr an die See und unser Tinelein muss mit. Trotz aller Krankheit war sie kräftiger geworden, lief wie ein Wieselchen die Treppen im Lutherhaus zu Schwester Dorothea rauf. Nur das Runterkommen war ihr zu gefährlich, deshalb wartete sie oben, bis jemand sie abholte.

Sie kann uns alle benennen: Water, Buti, Abu, Tissa, Männlein, Tante Tordala, Oma, Opa, Tante Turban (Frau Kozian aus der Nachbarschaft), die ihre Spaziergehtante ist. Sie liebt Tine über alles, es ist rührend.

Bei dem schönen Wetter im Juni sagte sie gleich nach dem Aufwachen: „Atta atta, Eima, Ssippe". Sie buddelt so gerne, da kann auch die Abu schon fein auf sie aufpassen. Waschen lassen will sie sich danach nicht, da gibt es immer Geschrei. Abends, wenn sie sauber gebadet in ihrem Bettchen liegt, setzt sie sich allein auf zum Beten, sagt sehr laut „Amen" und singt dann auf ihre Weise das Abendlied. Dann gibt's „Kuschli kuschli Bettchen", worauf sie mir ihr Püppchen hinhält: „Puppa auch!" Und wenn beide dann gekuschelt sind und ihren Gute-Nacht-Kuss bekommen haben, nimmt sie ihr „Achmancherchen" und schläft zufrieden ein.

Sie ist schon ein typisch kleines Mädchen, wie es Abu auch war. Wenn Mutter ihr mal was Neues anzieht, gar noch das neue rote Kleidchen, streicht sie an sich herunter: „Ei, ei" und kann sich nicht schön genug finden.

Dann kam die Urlaubsreise. Mutter ging es nicht gut, aber schließlich doch so, dass sie mitfuhr, mehr um Tinchen an die See zu bekommen, als sich selber zur Freude. Onkel „Ma" brachte uns zur Bahn, in die sich

Tine erst weigerte, einzusteigen. Das war spätabends, wir hatten ein Schlafwagenabteil. Erst als alle sich hingelegt hatten, begriff sie, dass dies heute ihr Bettchen sein sollte.

Süß war die Begrüßung ihres vertrauten Fläschlis am nächsten Morgen. Früh waren wir auf der Fähre. Das war etwas für Tineli, der frische Wind, das Wasser. In Kopenhagen erwartete uns Bärben. Wir gingen zusammen ins Tivoli, wo Tine sich herrlich ausgerannt hat. Aber als wir endlich abends im Ferienhäuschen „Nanok" landeten, sah sie doch arg mitgenommen von der weiten Reise aus.

Die ersten Tage da waren herrlich warm. Mutti wurde etwas krank, aber Vater und Tante Bärben nahmen die Kinder mit an den Strand, wo Tinchen unentwegt ihre Eimerchen füllte und wieder leerte. Beim Baden hatte sie erst dolle Angst, aber schon an einem der nächsten Tage, als ich mit dabei war, stürzte unser Bade-Engelchen sich in die kühlen Fluten, tauchte unter, spuckte aus, wollte weiter rein. Nur unter furchtbarem Geheule konnte ich sie später zähneklappernd abrubbeln.

Dann wurde das Wetter schlechter und mit dem Baden fürs Tinchen war es vorbei. Wenn es regnete, saß sie drinnen wie ein gefangenes Vögelchen, sobald es schön wurde, zogen wir sie ganz dick an, dann suchte sie sich ihr Eimerchen und Schippchen und hinaus ging's zum

Buddelplatz vorm Haus, wohin die beiden Großen ihr weißen Sand gebracht hatten.

Oder sie ging mit Männlein Schäfchen suchen. Männlein war ein ganz rührendes, geduldiges Brüderlein, das immer um Tine besorgt war. Jeden Abend, wenn es nicht regnete, gab es einen Abendspaziergang zum Strand, dann freute sie sich, rief: „Water! Buti!", fasste uns beide an, um aber bald allein ihre eigenen Wege zu gehen. Da war ihr dann Männlein zur Seite, der sie ermunterte. Er rief: „Wer kommt in meine Arme?" Darauf strampelte sie, was sie konnte, um in seinen Armen zu landen.

Als Tante Bärben dann abgereist war, hat Abu ganz lieb Tinchen abgefüttert und ins Bettchen gebracht. Mit Genugtuung stellte mir Abu die Frage: „Hat sie beim Waschen heut geweint, Mutti?" Ich hatte nichts gehört, und bei mir weinte sie fast immer beim Waschen. Im Bettchen nach dem Singen kam sie, trotz vieler Stühle davor, allerdings öfter raus, war zu neugierig, was wir da nebenan abends noch alles machen. Dann musste es noch manchen Schlafklaps geben. Sie ließ sich hinlegen, die Tür blieb wirklich zu, aber als ich nochmal nachsah, war sie in Mutters Bett am Toben.

Ja, und dann kam die lange Heimfahrt, die sie aber besser überstanden hat, und das Zuhause, wo uns Tante Kozian erwartete und dann auch die Lichterfelder Oma kam. Und schon am nächsten Tag musste ich ins Krankenhaus und Tinchen und Männlein wurden mit nach Lichterfelde genommen. Wie sich nun Mutter auf einen Besuch ihrer beiden Kleinen freut!

17.9.61 Dörte

Heute denkt Mutter viel an ihr kleines Schätzelein, hat Abu, Christian, Bolla und Vater, die hier waren, eine Menge Küsschen zu ihrem 1 3/4-jährigem Geburtstag heute aufgetragen. Gestern hatte sie mich schon das zweite Mal hier im Krankenhaus besucht. Beim ersten Mal kam sie mit Männlein, Oma und Opa. Gleich wollte sie zu mir ins Bett. Aber doch etwas fremd war ihr die Mutti im Krankenhaus.

Gestern beim zweiten Besuch war sie ganz süß, wollte auch erst „Mutti Bett". Sie setzte sich auf die Bettkante, gab Küsschen von Männlein, Oma, Opa, Tante Tordala. Dann guckten wir Bilder und Postkarten mit „Ostsee" an. An Muttis „Ladeplätzchen" tat sie sich gütlich und musste danach erst einmal die Schokolade aus dem Gesicht waschen. Bolla hat ihr die Härchen sehr gestutzt, da kringeln sich jetzt wieder die Löckchen, so pausbäckig ist sie und resolut, Mutti hat ihren Spaß mit ihr. Als sie gestern gingen, brachte Mutti sie über den Flur, sie machte sehr eilig die Glastür zu und rief: „Jetzt winken!" Und dann winkten wir uns noch lange, lange zu.

3.10.61 Abu an Dörte

Liebe Mutti! Wir *(Christian und Abu)* sind gestern gut in Alfeld angekommen. Wolf begrüßte uns gleich mit lautem Bellen. Ich musste immer den weißen Stock werfen, dann brachte er ihn wieder. Wie geht es dir? Hoffentlich bist du bald wieder gesund. Lausi und ich schlafen beide in einem Zimmer, Christian und Sebastian in einem anderen. Abends erzählte uns Doris von Käuzchen, die ums Haus fliegen, dass wir gar nicht einschlafen konnten. Morgen feiern wir den Geburtstag von Tante Annemie. Da müssen wir mittags schlafen und dürfen abends länger aufbleiben.

5.10.61 Annemie an Dörte

Deine beiden Großen sind hier sehr vergnügt. Besonders Christian ist ganz aufgetaut. Abu ist sehr bescheiden und ein bisschen schüchtern, genau wie du meistens, Dörtchen. Wenn du doch nicht so schnell nach Hause kommen kannst, sollen wir die beiden dann nicht hierbehalten und sie hier zur Schule gehen lassen fürs erste? Aber vielleicht hast du auch schon große Sehnsucht nach deinen beiden Großen.

7.10.61 Dörte an ihren Vater

Mir geht es weiter gut. Dr. Pepra hat heute nochmal untersucht und war sehr zufrieden. Natürlich ist die Leber noch nicht ganz weich, er meinte, auch sonst seien Drüsen im Körper infiziert und noch geschwollen, aber es wäre alles im Abklingen.

Gestern besuchten mich Mutter, Gerhard, Tine. Die ist ja in den drei Wochen, in denen ich sie nicht gesehen habe, stämmig geworden! Sie erzählte, zeigte und sang. Es war zu schön! Heute Nachmittag kommt Bärben mit Erdmann, der es schon gar nicht mehr aushält (ich auch nicht, ihn zu sehen!). Auf diese Besuche freue ich mich vom Aufwachen an.

Nachmittag: Bärben und Erdmann waren hier und sind nun fort. Dr. Pepra hat mit Gerhard gesprochen. An eine Entlassung sei noch nicht zu denken. Es soll noch allerlei gemacht werden, wahrscheinlich auch eine Leberspiegelung. Da bleibt mir nichts, als weiter Geduld zu haben. Erdmann bleibt bis morgen bei Gerhard, beide zogen von hier sehr einig ab, Gerhard hat morgen predigtfrei und will ihm heute einen Drachen bauen. Morgen kommen sie beide zu mir, danach wird Erdmann wieder nach Lichterfelde gebracht.

11.10.61 Dörte an ihren Vater
Gestern sind Abu und Christian aus Alfeld zurück nach Berlin gebracht worden. Ich freue mich heute schon sehr auf ihren Besuch und bin gespannt, was sie alles zu erzählen haben. Gestern ist bei mir noch einmal eine Brustbeinpunktion gemacht worden. Das Ergebnis ist noch nicht raus, doch sagte Dr. Pepra, was er bisher gesehen habe, sei erfreulich. Ich fühle mich auch richtig gut und hoffe, dass sie mich nicht mehr allzu lange hierbehalten.

27.10.61 Dörte an Abu

Für so ein hübsches Deckchen musst du aber unbedingt ein Dankesbriefchen haben! So hübsch und sauber hast du das gemacht. Jetzt sieht mein Nachttisch hier nochmal so schön aus. Und alle Schwestern bewundern das Deckchen, auch über Nacht darf es drauf bleiben, weil es so hübsch ist. Was macht ihr im Lutherhaus? Spielst du mit Billy und Gabi? Seid nun recht lieb zu Hause, damit ich in drei Wochen, wenn ich rauskomme, ganz liebe Kinder vorfinde. Helft der Tante Kozian und macht ihr und Vater Freude! Einen „Knaller", hörst du ihn?

16.11.61 Dörte

Noch einmal hatte Tinelein Mutti im Krankenhaus besucht, hatte neben ihrem Bett gesessen, gesungen, erzählt, „Täubchen" und Pudding gegessen. Nun kam Mutti nach Haus, wo die beiden Großen ihr mit Vater einen ganz dicken Empfang bereiteten. Am Sonntag danach brachte Oma die beiden Kleinen aus Lichterfelde, nur besuchsweise. Als Tine Mutti und Vater sah, rief sie: „Die Mutti, die Vata!" Dann feierte sie Wiedersehen mit allen Spielsachen im Kinderzimmer.

24.11.61 Dörte an ihre Mutter

Ellen *(Gerhards Cousine)* aus Hamburg, die uns in diesen Wochen tüchtig hilft, war gestern in Biesdorf. Den Westdeutschen machen sie ja an der Grenze keine Schwierigkeiten. Biesdorf-Oma hat ihr Häuschen verkauft und ist ab Mittwoch in Wriezen bei Ursel und Wolfgang. Mir geht's gut, der Rücken ist auch wieder in Ordnung. Ich halte auch meine zwei Stunden Mittagsruhe strikt ein, sehr brav, werde sonst von Ellen ermahnt. Erdmann ist lustig, sehr rauh im Umgang mit Christian, dessen Gesicht ist von oben bis unten zerkratzt – ich weiß nicht, wer der Schuldige war. Er spielt herrlich für sich und futtert, dass wir nur staunen!

3.12.61 Dörte

1. Advent. Als größte Adventsfreude holte Gerhard unser Tinelein aus Lichterfelde. Schallend sang sie mit: „Mat hoch die Tür" und passte eifrig auf, wer beim Singen nicht die Hände gefaltet hatte. Der Nikolaus machte ihr großen Eindruck. Die Großen neckten sie damit, klopften an die Tür, dann hob sie ängstlich ihren Finger: „Horch, die Nikolaus!"

8.12.61 Gerhard an seine Mutter

Dörte ist nun schon drei Wochen zu Haus. Wir haben jetzt alle vier Kinder hier. Es geht ganz gut. Ellen hilft rührend. Sie hat ihre helle Freude an Tinelein. Die will jetzt immer alles alleine machen. Sie sagt immer energisch „Tine allein" und lehnt jede Hilfestellung brüsk ab.

Ellen fährt Montag wieder zurück, jetzt brauchen ihre Jungen sie wieder. Ab 15. Dezember haben wir ein 17-jähriges Mädchen zur Hilfe bei uns. Sie will ein Jahr im

Haushalt arbeiten, bevor sie Schwesternschülerin wird. Sie macht einen netten Eindruck. Wir sind dankbar für diese Aussicht. Ach, Mama, wir sind dankbar für alles. Gerade jetzt vor Weihnachten, dass wir Dörte hier bei uns noch haben.

Dörte an ihre Schwiegermutter

Wie Gerhard schon schrieb, geht es mir recht gut, ich merke allein meine Grenzen und halte sie auch ein. Gerhard wacht sehr über meinen Mittagsschlaf. Erdmann schläft seitdem herrlich neben mir, auch ein Gutes! Seit dem 1. Advent ist Tinchen bei uns, da ist erst alles richtig mit unserem süßen Quabbelchen, Papageichen. Abu ist rührend mit ihr, geht jeden Nachmittag mit ihr spazieren. Vormittags spielen Erdmann und seine Freundin Sabine aus dem Eisbärenweg mit ihr und gehen auch mit ihr raus. Oma *(Lichterfelde)* möchte sie mir zur nächsten Woche wieder abnehmen, aber ich möchte gar nicht gern, weil sie sich jetzt bei uns so schön eingelebt hat.

Der uns am meisten noch Not macht, ist Christian mit seiner Langsamkeit und Verträumtheit. Morgens ist er gar nicht aus dem Bett zu kriegen, und wenn er auf einem gewissen Ort sitzt …! Aber in der Geigenstunde macht er erfreuliche Fortschritte. Manchmal macht ihm das Spielen auch ordentlich Spaß. Sein Rauchen – sein Freund Frankie erzählte, er bevorzuge HB mit Filter – hat er zum Glück ganz eingestellt. Dafür bekommt er jetzt öfter von Vater sonntags eine Schokoladenzigarette, die ihm doch ehrlich besser schmeckt!

Abu hat sich wohl von allen Kindern am meisten über meine Rückkehr gefreut und mir so ein entzückendes Willkommensschild über die Tür gepinselt, dass es bis heute da hängt. Sie ist jetzt noch so weich und anlehnungsbedürftig, wie ein Kätzchen, tut mir viel zuliebe, was sie mir von den Augen abliest (abtrocknen manchmal ausgenommen). Sie hat jetzt viel Freude am Klavierspiel, in der Schule glänzt sie mit Einsen und ist eigentlich in allen Fächern mit Freude dabei.

Erdmann ist mein lieber Einholer geblieben, hilft mir auch sonst viel: „Ich will alles tun, bloß nicht in den Kindergarten gehen!" Ich kann ihn vormittags aber auch gar nicht im Haus entbehren.

12.12.61 Gerhard
Zwei Uhr morgens. Ich kann nicht recht schlafen. Ich stehe auf und schreibe. Ich gehe in mein Arbeitszimmer, um Dörte nicht zu stören. Draußen regnet es. Eine merkwürdige Nacht. Ein merkwürdiges Jahr da hinter mir. In diesem Jahr Dörtes Krankheit. Gleichzeitig ist unsere Stadt ummauert worden. Dörte fast ein Vierteljahr im Krankenhaus. Niemand weiß, wie es weitergeht. Sie muss sich weiter sehr schonen. Die Gefahr eines neuen, schlimmen Metastasen-Schubes ist stets möglich.

Mama schreibt. Manchmal glaube ich gar nicht mehr, dass wir uns wiedersehen dürfen. Wir dürfen uns ja nicht besuchen. Ich war in den vergangenen Monaten so sterbensmüde. Wildes, verzweifeltes Mahlen hat mich zerrieben tief innen. So wie die Schübe der Krankheit, die über Dörte hinweggingen. Wie schön waren die elf Jahre unserer Ehe. Wie reich, wie erfüllt. Dazu die vier Kinder, Frucht dieser Jahre. Gute, liebe Dörte, du schläfst. Mir ist so bange um dich.

17.12.61 Dörte

Dritter Adventssonntag, Tines Geburtstag. Erdmann und ich fuhren schon Sonnabend nach Lichterfelde, um dem Geburtstagskind morgens zu singen. Sie war aber so aufgeregt, dass sie fast die ganze Nacht nicht schlief: „Die Mutti, die Erdmann, die Geburtstag, die Nikolaus!" - das war zu viel! Oma hatte ihr einen süßen Geburtstagstisch aufgebaut. Nachmittags kamen Vater und „die Abu" und „die Tissan" und wir haben dann alle gesungen und gespielt. Sie wurde davon so aufgeregt, dass sie auf Omas Esstisch ein Geburtstagstänzchen zum Besten gab. Abends plumpste das Geburtstagskind nur so ins Bett.

27.12.61 Gerhard an seine Mutter

Am Heiligabend war Bärben bei uns und Frau Kozian. Dörte ging es einigermaßen. Sie hatte vorher einige Tage, in denen es ihr nicht gut ging. Die Leber war wieder empfindlicher. Dr. Paepra hat ihr eine Medikamentenerhöhung verordnet. Aber sie ist doch sehr glücklich mit all ihren Kindern zu Weihnachten. Heiligabend durften die Kinder aufbleiben „bis zum Umfallen". Sie fielen aber abends um zehn noch nicht um. Erst um elf wurden sie müde. Ich hatte noch Mitternachtsgottesdienst.

Den Kindern haben wir ein Puppentheater von Herrn Seeck bauen lassen. Erdmann bekam einen Kran, der richtig greift. Die beiden Jungen leuchtende Abfahrtskellen. Damit blinken sie im Dunkeln, dass es seine Art hat. Tine ist putzmunter und immer wieder süß. Gegen ihre großen Brüder setzt sie sich mit viel Energie durch, aber auch manchmal gegen den, der sie füttert. Jetzt in dem schönen Schnee rodeln die Großen im Schillerpark. Die „Engelsbahn" genügt ihnen nicht. Sogar Erdmann ist schon geschickt auf der „Todesbahn" unterwegs, die solche Holper hat, dass ihnen Sterz und Arme wehtun, wenn sie abends mit blanken Augen und knallroten Backen nach Hause kommen.

2.1.62 Dörte an ihre Schwiegermutter

Hab ganz herzlichen Dank für das wunder, wunderschöne Armband. Hast du denn damals meine Bettelei an Gerhard vor unserem Rosenhochzeitstag gehört, als ich so sehr um noch mal so ein schönes Armband wie bei unserer Heirat bat und er mir antwortete: „Frühestens zur Silberhochzeit!"

Die beiden Großen lesen begeistert dein „Nussknacker und Mausekönig". Erdmann liest auch auf seine Art eifrig in seinem Buch. Mittags allerdings, wenn er sich mit mir hinlegt, er liegt dann auf Vaters Bettseite, braucht er andere Lektüre. Er muss so lange wie ich lesen zum Einschlafen. So hat er heute im „Thomas von Aquin" aus Gerhards Regal gelesen. Tine zieht mit ihrem neuen, fahrbaren Hundchen reitend durch die Gegend mit „O du fröhliche". Das Jesuskind unserer Weihnachtskrippe aus Ton mussten wir sehr vor ihr beschützen, sie wollte es immer wieder haben und streicheln.

Mit Marianne *(dem neuen Kindermädchen)* geht es recht gut. Sie ist ein liebes, flinkes, aufgeschlossenes Mädchen, kocht auch schon manchmal nach meiner Anleitung und versteht es mit den Kindern gut.

Nächste Woche fängt Gerhards Urlaub an, nach langem Hin und Her wegen meiner wieder geschwollenen Leber, erhöhter Temperatur und Übelkeit, bleiben wir hier in Berlin, gehen aber, damit Gerhard mal Ruhe vor der Gemeinde hier hat, für zehn Tage ins Johannesstift nach Spandau. Die Lutherhauswohnung machen wir dann zu. Die beiden Kleinen nimmt Oma mit nach Lichterfelde. Marianne fährt dann jeden Tag hin, um ihr zu helfen. Abu fährt vierzehn Tage zu Chrine, Christian zu Bärben nach Hamburg, wo er mit ihr dann zusammen zur Schule geht *(Sie ist Grundschullehrerin).*

7.1.62 Dörte

Tines zweijährigen Tauftag haben wir gestern wunderschön gefeiert, nochmal mit dem ganzen Glanz der Weihnachtszeit, und nun das Bäumchen abgeputzt. Tine hat
auch geholfen und sich sehr an die schönen roten Weih-
nachtsäpfel gehalten. Nun ist der Alltag wieder da.

Tine hockte neulich unter dem gedeckten Frühstücks-
tisch mit dem Wurstschälchen in der Hand, still hinter
einem Tischbein eine halbe kleine Rügenwalder Wurst
aufknabbernd. Ein andermal saß sie, wieder sehr hungrig, auf ihrem Platz, eine Hand vor Augen haltend, in der
anderen Faust ein großes Stück Käse. Beim Kasperlethea-
ter war sie eine Zeitlang aufmerksamer Zuhörer, dann
aber erscheint sie hinter der Bühne auf einem Stuhl, sagt:
„Duten Tag Tinder, ich bin der Kasper" singt „Tri-tra-
trallala", stellt die anderen Figuren vor und schwätzelt
ein ganzes Weilchen vor sich hin, bis zum Schluss das
große Krokodil kommt oder der böse Wolf.

9.1.62 Dörte

Nun sind wir im Johannesstift. Vorher haben wir Erdmann und Tine nach Lichterfelde gebracht. Die Kleinen
freuten sich auf die Fahrt. Wir fuhren im Omnibus oben,
und als wir aussteigen mussten, weigerte sich Tineli:
„Nein, Omibus so ßön!" Aber U-Bahn mit „Zurückblei-
ben!" war fast noch schöner. In der U-Bahn fielen dem
armen Vater und hinterher einem alten Mann die Augen

zu: „Mutti, tuck ma, arme Vata is soo müde, Bettchen dehn!" und dann: „Tuck ma, arme, alte Mann – soo müde, Äuglein ßu!" Für die Mitfahrenden war das sehr ergötzlich. Dann wollte sie partout neben einem jungen Mann sitzen, der zur Arbeit fuhr, sie schäkerte die ganze Zeit mit ihm rum und er ging auf sie ein und war sehr stolz, als sie ihn zum Abschied mit „Onkel Doktor" anredete.

15.1.62 Dörte an Abu

In diesem Gästehaus wohnen wir, sehen von unserem großen Fenster aus in mächtige alte Bäume und haben es hier wunderschön. Jeden Tag machen Vater und ich einen langen Waldspaziergang. Dabei kommen wir an einem Gatter mit einer Wildschweinfamilie mit vier quietschenden, ruffenden Ferkelchen vorbei. Eines, das immer besonders schnell und laut ankommt, nennen wir „Erdmann".

17.1.62 Bärben an Dörte

Christian hat gestern ein Selbstbildnis getuscht, das ihm so gut gefiel, dass er es dir auch zeigen wollte. Es stellt ihn dar mit Flitzbogen und Pfeilen über einer und Gewehr über der anderen Schulter. Den Hauptteil seiner Freizeit verbringt er mit Kalle, einem zehnjährigen Jungen aus der Nachbarschaft, mit Schnitzen, Stöckesuchen usw. Hans-Peter hat ihm einen Cowboyhut geliehen, ich habe ihm einen Gürtel gegeben, so kostümiert geht er dann nach draußen.

Morgens fährt er immer mit mir zusammen nach Sasel. Frau Kulas *(seine Hamburger Klassenlehrerin)* ist sehr zufrieden mit ihm. Er schreibt jetzt viel schneller und geschickter als in den ersten Tagen. Im Erzählen, Lesen, Rechnen und Singen lobt ihn Frau Kulas sehr und meint, er wirke reifer als der Klassendurchschnitt. Im Aufsatz „Wie es Weihnachten bei uns war" hat er gestern eine Eins bekommen und war furchtbar stolz darauf.

Manchmal meint er, du würdest ihn kaum wiedererkennen, weil er inzwischen der „schnellste Zubettgeher der Welt" ist, sich prima alleine duscht – sogar den Rücken! - und seine Anziehsachen prima sortiert und hinlegt. Auch morgens haben wir mit Aufstehen und Anziehen keine Schwierigkeiten – auch wenn er manchmal den Pulli verkehrt herum anhat.

Dörte war bis zum 19.1.62 im Johannesstift, danach wegen Fieber und Leberempfindlichkeit vom 22.1. - 13.2.62 im Krankenhaus in Spandau.

22.1.62 Dörte

Christian ist ein musisches Kind. Schon vor einem Jahr seufzte er mal tief auf und sagte: „Ach Mutti, ich glaube, ich muss mal ein Dichter werden, mir fallen schon jetzt so viele Geschichten ein. Aber wer schreibt sie mir?" Vorher hatte er durchaus Eisenbahnknipser werden wollen. „Aber wenn ich das nun nicht kann,

Mutti?" Nach einer Bedenkpause: „Na dann bin ich ja sowieso das, was Vater ist!" Mutti erstaunt: „Was denn?" „Na, Herr Pastor!"

Christian hatte schon erstaunliche Erfolge im Dichten, „Für mein kleines Tinchen ein kleines Bilderbuch" hatte er im Herbst gedichtet und Abu diktiert, die es dann aufschrieb. Voriges Jahr zum Geburtstag bekam er von James Krüss „Mein Urgroßvater und ich", jetzt zu Weihnachten gab es ein neues Gedichtbuch von Krüss, das die Reise nach Hamburg mitgemacht hat.

Seit gut einem Jahr geigt er. Wenn er ein Stück kann und gelobt wird, freut er sich riesig und sagt: „Eigentlich ist doch das Geigen gar nicht schwer!" Singen tut er jetzt mit einer hellen Stimme, dass es eine Wonne ist. Jetzt allerdings probiert er zu jedem Lied seine zweite Stimme, und die gerät oft daneben. Singen ist auch sein bestes Fach in der Schule, während Schreiben und Malen die schwierigsten sind mit seiner schweren Hand.

Erste Religionsstunde, Christian kommt begeistert nach Hause. Sie sollen eine Kirche malen. Er malt und malt und erklärt mir dann das Ganze. Um die Kirche lauter Anlagen in Serpentinen. Die Kirche ganz klein in eine Ecke gequetscht, mit Kreuz obendrauf und großen Fenstern. In einem Fenster ein Gesicht mit Strahlenkranz: der Herr Jesus guckt aus seinem Haus. So betrübt war er, als er kalt dafür eine Vier bekam und nicht mal erklären durfte, wie er's meinte, dass ihm die Lust am Malen ganz genommen wurde.

Mutter im Krankenhaus, Vater und Frau Kozian hüten die beiden Großen. Christian ein Träumer, Spiegelgucker und Lauser. Seit er nachmittags bei seinem Freund Frankie ist, geht das Schularbeiten-Machen blendend. Eines Tages entdeckt Frau Kozian in seinen Hosentaschen eine glimmende Zigarette, in den Anorak ist ein Loch gebrannt. Vater knöpft ihn sich im Guten vor, aber er qualmt weiter. Er erklärt Tante Kozi: „Drei Zigaretten, das kann ich auch noch nicht, zwei fallen mir dabei immer aus dem Mund, aber du musst soo den Rauch daraus ziehen!"

Als Mutter aus dem Krankenhaus kommt, nimmt sie ihm das Versprechen ab, das Rauchen zu lassen, und er hat es bis heute, Frankies Versuchungen zum Trotz, gehalten. Frankies Mutter sagte, Christian hätte immer HB mit Filter bevorzugt.

„Ist es nicht schlimm für euch, dass die Mutti im Krankenhaus liegt?" wird Christian gefragt. „Ja", antwortet er, „das einzig Gute ist, dass wir jetzt nicht abtrocknen brauchen!"

Für die kleine Tine ist Abu Vizemutti, aber auch Krischi spielt rührend mit ihr oder liest ihr vor und liebt sie zärtlich. In Lichterfelde war er mal im Haus verschwunden und krauchte unten auf der Erde mit Tine rum. Als sie ihn holen wollten, sagte er: „Nein, ich muss erst mein Tinchen genießen!" und spielte weiter mit ihr.

Auf unserer letzten Dänemarkreise war Krischi unser großer Schlepper, der außer seinem Rucksack ganz viel trägt. Während der Fahrt schläft er nicht, dazu ist alles viel zu interessant. Auch Freundschaften: eine deutsche Familie aus Düsseldorf. Während Abu schüchtern war, lud Christian die vier Mädels ein, abends an unseren geheizten Kamin zu kommen. Da sorgte er dann für Sitzgelegenheiten rundum, und dann fing er an, vorzulesen. Abu lachte, aber wollte selbst nicht lesen, sodass er mit Ach und Krach seine Geschichte zu Ende brachte.

Alle baden, nur Christian nicht. Er wird ermuntert: „Los, zieh dich aus!" Er: „So schön das Baden ist, aber dann muss man sich abrubbeln und hinterher wieder anziehen, dann bleib ich lieber so!"

Es gibt Blaubeeren. Christian bittet: „Mir keine!" Mutter erstaunt. Christian: „Ja, dann brauch ich doch nicht hinterher Zähne putzen!"

Seit die Mauer da ist und die Oma nicht mehr rüberkommen darf, werden lange Briefe hin und her geschrieben. Christian sehr eifrig mit einem großen Bogen. Nach einem Weilchen: „Mutti, wie wird Vopo *(Volkspolizei der DDR)* geschrieben?" Mutti wundert sich, buchstabiert. Nach einer Weile: „Wie wird Backpfeife geschrieben?" Mutti fragt besorgt, was er denn da fabriziert. Dann kriege ich den fertigen Brief zu lesen: „Ach Oma, du fehlst uns ja so sehr, am liebsten würde ich den Vopos eine Backpfeife hauen und dich über die Mauer ziehen!" Der Brief ist durchgekommen und Oma hat furchtbar nett darauf geantwortet.

Abu wurde im April 1959 eingeschult, kam in die Klasse von Frau Kastka, die sie von Stund an verehrte. Es wurde gemalt und Abu war begeistert dabei. Fragte Mutti mal Frau Kastka: „Wie macht sie sich?", kam die Antwort: „Sonst gut, wenn sie nicht so schüchtern wäre!" Mutti dachte an sich selbst früher und war still.

Nach ein paar Wochen fragte Abu ein paar Mal beiläufig: „Mutti, was ist eigentlich Schwatzen?" Ich wunderte mich und erklärte es ihr. Danach bin ich wieder in der Schule und frage nach. „Ach, sie ist sonst gut, wenn sie nur nicht so lebhaft wäre und so viel schwatzte!" Da kann Mutti nicht mehr vor Lachen und erzählte der Lehrerin, dass Abu gar nicht wusste, was Schwatzen ist. Im Übrigen freut sie sich über die Lebhaftigkeit ihrer Tochter!

Abu wurde immer schulbegeisterter, schrieb Briefe und freiwillig kleine Niederschriften, malte und malte. Nur beim Rechnen dauerte es ein Weilchen, bis der Groschen fiel. Zu Weihnachten konnte sie bereits ihre Weihnachtsbücher „Kleine Hexe" und „Polli hilft der Großmutter" lesen und verschlang sie, notfalls auf dem Klo. Auch wenn sie zum Händewaschen gerufen wurde, wanderte sie mit Buch vor der Nase, um nichts zu versäumen. Sonst suchte sie sich stille Winkelchen, wo keiner sie fand.

Die Sache vom Schwesterchen war ein Geheimnis zwischen Mutti und ihr. Es musste ein Schwesterchen werden, Abu sagte verzweifelt: „Was soll ich wohl mit drei Brüdern!" Als Mutti ihr erzählte, dass es ein Schwesterchen wird, strahlte sie: „Aber nichts Vater sagen, den überraschen wir!" In Lichterfelde posaunte sie herum: „Mutti und ich haben ein Geheimnis!" Oma versuchte, etwas herauszukriegen, aber vergeblich.

Dann kam der Tag, an dem das Schwesterlein zur Welt kam. Vater hatte es zu Hause den Großen ins Ohr geflüstert, darauf hätten beide ganz andächtig immerzu den Namen wiederholt. Sie durften dann Mutti im Krankenhaus besuchen und das Schwesterchen ansehen. Abu war hingerissen, Christian meinte, etwas größer hätte er es sich doch vorgestellt.

Der Arzt entschied erst Heiligabend nach langem Betteln, dass Mutter doch nachmittags nach Hause darf.

Vater holt uns ab, während Oma mit den drei Großen in der Christvesper ist und schließt uns ins Weihnachtszimmer ein. Ich musste Tinchen sehr schuckeln, um sie ruhig zu halten. Die Kinder kommen in die Wohnung, Vater sagt strahlend: „Gleich kommt die Bescherung!" Abu mault, sie will zur Mutter ins Krankenhaus. Christian ruft: „Horch mal Oma, da drinnen im Weihnachtszimmer piept es! Ob wir wohl ein Vögelchen kriegen?"

Dann geht's mit „Ihr Kinderlein kommet" hinein ins Weihnachtszimmer, Tine und ich sitzen unter dem Weihnachtsbaum. Alle sehen uns an wie eine Erscheinung, singen brav ihr Lied zu Ende, aber dann kommen sie, sehen weder Lichter noch Baum, kommen und streicheln Mutti und das Schwesterchen. Fast müssen wir sie nachher an die Gabentische stoßen und Abu sagt: „Mutti, ihr beide seid aber das schönste Geschenk!"

Und dann ist Tine Hauptperson. Abu darf helfen, darf Füßchen waschen, pudern, das Schwesterchen halten. Später darf sie sie ausfahren. Als Tinchen ein Jahr alt ist, kann Abu sie schon alleine versorgen, gibt ihr das Fläschchen, zieht sie an, bringt sie oft allein ins Bett. Oft werden Freundinnen, Billy und Gabi, mitgebracht, die keine kleinen Geschwister haben und die es Abu auch fühlen lässt, dass sie höchstens das Pochen pudern oder der Vizemutti etwas zureichen dürfen.

Letzten Sommer, Abu ist neun, Tinchen anderthalb Jahre alt, kann Mutti beruhigt wegfahren. Abu gibt ihr Fläschchen, zieht sie an, topft sie, geht mit ihr spazieren, kocht ihr ein Abendbrot-Breichen mit heißer Milch und Zwieback und sich selbst gleich eins mit, füttert sie, wäscht sie und bringt sie ins Bett. Manchmal sagte sie sogar „Lass mich mal machen!", wenn Mutter beim Füttern oder Ins-Bett-Bringen nicht zurechtkam und schaffte dann oft, was mir nicht gelang. Sie hilft mir oft, ohne dass ich fragen muss, manchmal auch als Überraschung.

Als Mutti von August bis November im Krankenhaus lag, waren alle drei Großen, Abu aber besonders, anschmiegsam und zärtlich. Wie hat sie sich auf mein Nach-Hause-Kommen gefreut! Gefragt, was sie sich zu Weihnachten wünsche, sagte sie: „Dass Mutti wieder bei uns ist!"

Unsere letzte Advents- und Weihnachtszeit war wunderschön – nun liegt Mutter zum zweiten Mal im Krankenhaus. Abu ist in Zehlendorf und freut sich da an Sabinchen *(ihrer kleinen Cousine)*, darf ihr morgens Fläschchen geben, darf Badewasser abmessen und viel helfen. Aber am schönsten für sie ist es, wenn sie nach Lichterfelde fahren und Erdmann und vor allem Tinchen wiederhat. Dann, so erzählt die Oma, lässt sich Tine von keinem anderen versorgen als von ihrer großen Schwester.

14.1.62 Oma Lichterfelde an Oma Biesdorf

Erdmann und Tinchen schicken dir viele Geburtstags-küsschen. Die beiden sind seit Dienstag wieder bei uns. Tinchen sitzt ganz lange auf der Fußbank und singt ihren Püppchen vor oder bringt sie zu Bett. Und wenn Erdmann mit seinen Legosteinen baut, dann muss sie auch bauen, aus einem Karton mit alten Bausteinen und Holztieren, und spielt sehr schön damit. Was wäre das alles schön, wenn nicht immer noch die große Sorge um Dörte wäre. Mir ist das Herz oft sehr schwer, wenn ich an Gerhard und die Kinder denke.

30.1.62 Bärben an Dörte

Übrigens war Frau Clausen, die sehr auf gute Sitte hält, von Christians Benehmen entzückt, was mich einigermaßen erstaunte. Aber Christian meinte: „Na, meinst du denn, ich könnte nicht ordentlich?" Neulich in Christians Klasse fragte ein Kind, woraus denn eigentlich Milch gemacht würde. Darauf gab Christian prompt zur Antwort: „Aus Malzbier!" Das brachte die Klasse natürlich zum Lachen, aber er sei ganz unbeirrt geblieben und habe erzählt: „Als Tinchen noch klein war und Mutter ihr die Brust gab, hat sie immer Malzbier getrunken, damit sie genug Milch hat. Dann wird doch die Milch wohl aus Malzbier gemacht!"

1.2.62 Gerhard an seine Mutter

Dörte musste vor zehn Tagen wieder ins Krankenhaus zu einem Leberspezialisten in Spandau. Da ist eine Leberspiegelung gemacht worden. Die hat Dörte überstanden. Aber sie hat noch hohe Temperatur. Wird es Mittel geben? Werden sie helfen? Manchmal ist man richtig mürbe, auch Dörte. Wir tragen uns mit dem Gedanken, doch noch zu einem anthroposophischen Arzt zu gehen, den Wendland empfohlen hat.

Ich überlege, ob man nicht noch einmal um eine Besuchserlaubnis, vielleicht auf nur einen Monat begrenzt, nachfragen sollte. Eben weil Dörte so krank ist. Sie wird immer ganz weh, wenn sie zu dir rüberdenkt. Sie kann im Moment nicht schreiben und lässt dich ganz doll grüßen.

4.2.62 Bärben an Dörte
Um Christian und mich brauchst du dir keine Sorgen zu machen. Wir sind beide ganz munter. Er taut immer mehr auf. Gestern Nachmittag spielte er mit Kalle auf dem durchweichten Acker „Störtebecker", sie klauten sich ihre Waffen immer gegenseitig und versteckten sie dann im Schlupfwinkel.

Die Schuhe mussten wir heute beim Schuster lassen, die sind durch. Da habe ich mir geschworen, dass nun ein Paar Gummistiefel her sollten. Als er das zu Hause strahlend Frau Kulas, der Hauswirtin, verkündete, stieg sie auf den Dachboden und brachte ein paar wunderschöne Schäfter ihres Sohnes mit, die Christian wie angegossen passten. Christian lief gleich raus, die herrlichen Pfützen, die er schon immer mit verlangenden Augen angesehen hatte, auszumessen. Ich sollte euch aber nichts davon schreiben. Er hatte Zweifel, ob ihr das akzeptieren würdet, weil Vater immer sagt: „Du sollst kein Schlamm-Arbeiter werden!"

10.2.62 Dörte an ihre Schwiegermutter
Inzwischen bin ich auch wieder schreibfähig. Ich liege jetzt hier fast drei Wochen, sollte eigentlich nur zur Überprüfung der Diagnose und zur Kontrolle her, dann ist die Leberspiegelung gemacht worden und hat nicht vorhersehbare Folgen nach sich gezogen. Bis vorgestern hatte ich hohes Fieber, so dass ich viel Spritzen und Medikamente über mich ergehen lassen musste. Ergeben hat die Leberspiegelung nichts anderes, als was die Ärzte im Lazarus annahmen.

15.2.62 Gerhard an seine Mutter
Dörte ist seit vorgestern wieder bei uns zu Hause. Das bisherige Medikament muss abgesetzt werden, weil ihr Blutbild schlechter wurde. Wir müssen nun ein bis zwei Wochen warten, dann kann die Medikamentenbehandlung weitergehen, die ein Zurückgehen der Leberschwellung und der Schmerzen bewirken soll. Dörte ist noch schlapp, aber glücklich, wieder in den eigenen vier Wänden zu sein. Marianne hilft uns, dazu Nina. Erdmann haben wir zu uns genommen, dass wenigstens eins der Kinder bei uns ist.

19.2.62 Dörte an ihre Schwiegermutter

Erdmann ist nun mein lieber Helfer, der einzige unserer Kinder hier im Haus. Er verarztet mich mit Korinthen aus seinem Kaufmannsladen. Ich will es jetzt mal mit homöopathischen Spritzen versuchen.

Gerhard an seine Mutter

Vorgestern waren wir in Lichterfelde, Opas Geburtstag feiern. Er war glücklich, dass auch seine Dörte die ganze Zeit da war. Hans hatte sie mit seinem Auto hingebracht. Dörte hatte sich so sehr auf den Geburtstag gefreut. Unsere Kinder waren alle da, bis auf Christian. Abu hatte etwas Temperatur, wurde eine Zeitlang nach oben gelegt. Sie war aber auch schon wieder ganz keck und hat Opa ein langes Lied aufgesagt und für ihn gemalt. Erdmann hat „Der Herr ist mein Hirte" aufgesagt, das war nicht so einfach und er noch schüchtern. Hinterher hat er sich bei Opa bedankt, dass er ihm so schön vorgesagt hat, wenn er stockte. Tinchen war süß und munter.

Bärben und Christian riefen aus Hamburg an. Ihr Stadtteil war von der großen Sturmflut nicht so sehr betroffen. Aber das Gespräch wurde unterbrochen, wohl wegen Netzüberlastung. Als Opa immer wieder „Hallo" in den Apparat rief und sagte: „Da sind nur so komische Geräusche!"" meinte Hans: „Da wird jetzt Wasser in die Telefonzelle gekommen sein, häng schnell den Hörer auf, damit es nicht auch hier hereinläuft!" So gab es bei allem

Ernst auch Spaß. Christian hatte vorher von der Hauswirtin Wasserstiefel geschenkt bekommen, die er jetzt sehr brauchen wird.

26.2.62 Dörte an ihre Schwiegermutter
Seit Sonnabend sind Tinchen und Abu auch hier. Tine erstmal zur Probe. Abu ist überglücklich, obwohl sie sich bei Chrine in Zehlendorf auch sehr wohl gefühlt hat. Nina ist nun auch hier zum Helfen. Auch Marianne macht sich sehr nett. Man merkt jetzt ihre pflegerische Eignung.

Ich bin mal wieder fest ans Bett gebunden, seit Mitte voriger Woche habe ich eine Blasenentzündung, dazu Fieber. Jetzt, wo ich der Medikamente und des schlechten Blutbildes wegen nicht schlucken darf, fängt besonders die Lunge wieder an, heftig zu revoltieren. Vielleicht ist eine klinische Spritzenkur nötig. Aber daran mag ich noch gar nicht denken.

Erdmann versorgt mich rührend mit seinen Medikamenten, Korinthen und „Lebenswecker" in alten Medizinflaschen aus seinem Kaufmannsladen. Jede Stunde muss ich davon schlucken. Er sagte mir heute sehr nachdenklich: „Mutti, eigentlich bist du doch noch gar nicht so alt. Ich denke, nur ganz alte Leute liegen immerzu im Bett."

Tinchen ist ein Wonnepröppchen, dabei ist sie Bolla in der Erziehung durchaus gut geraten. Ich glaube, sie ist jetzt auch in Lichterfelde genauso zu Haus, jedenfalls wollte sie heute Abend durchaus mit Bolla dahin zurück. Am Sonnabend besuchten uns auch Vati und Mutti, leider machte Vati sehr schlapp, so dass sie schnell mit einer Taxe nach Lichterfelde zurückfahren mussten. Heute geht's ihm besser. Martin ist zu Hause und verarztet ihn.

9.3.62 Gerhard an seine Mutter
Dörte geht es in den letzten Wochen wieder schlechter. Sehr hohe Temperatur, Schmerzen, das Herz macht nicht mehr alles mit. Bisher hat aber Dr. Paepra vom Lazarus, der privat zu uns kommt, erlaubt, dass sie zu Hause bleibt. Morgen fängt wieder die alte Medikamentenfolge des Lazarus-Krankenhauses an, wir erhoffen davon Besserung. Ach, es wäre schön, wenn du hier wärst.

15.3.62 Dörte an ihre Schwiegermutter
Heute erwarten wir Christian und Bärben. Die ganze Familie freut sich schon mächtig. Bärben geht aber morgen schon nach Lichterfelde und wird zum Arzt müssen, um für ihre Nieren etwas zu tun, die ihr sehr weh tun. Tinchen ist seit meinem Herzanfall wieder in Lichterfelde. Es ist rührend, wie sie sich hier wie dort zu Hause fühlt.

Hier ist Erdmann ein rührender Krankenpfleger, der mir meine Medizin pünktlich zureicht und, wenn ich mal raus will, mir die Pantoffeln anzieht, den Bademantel zureicht und mir hineinhilft, auch schnell im Bad das Fenster zumacht, damit es nicht zieht. Gestern meldete er: „Du brauchst dich nur noch draufsetzen, der Klodeckel ist schon hoch!" Inzwischen hat er mir dann meine Kissen aufgeschüttelt, schnell einen Augenblick das Zimmer gelüftet, und mir dann wieder genauso lieb ins Bett geholfen.

Abu leidet etwas darunter, dass ich so krank bin und das Heft nicht mehr in der Hand habe. Sie ist zu Nina und Marianne leicht bockig, muss dann von allen Seiten bestätigt kriegen, dass Mutti wirklich die allerbeste ist. Zum Schularbeiten-Machen ist sie öfter bei mir.

Oma aus Lichterfelde ist öfter mal für ein paar Tage hier, bis Opa nicht mehr allein bleiben will. Besonders, als es mir so schlecht ging, war es schön, sie hier zu haben. Gestern Abend ist Cordel gekommen und schmeißt mal eben den Laden. Sie kocht, besorgt mich und Erdmann und plättet. Es ist rührend, wie die Lichterfelderie mir hilft! Bolla hat vor einer Woche ihr Abitur bestanden, sie brauchte gar nicht mehr ins Mündliche!

16.3.62 Oma Biesdorf an Dörte und Gerhard
Vor ein paar Tagen habe ich geträumt, dass wir mit dir, liebe Dörte, irgendwo an einem See zusammengetroffen sind. Du warst plötzlich mit zwei Kindern da, und wir überlegten alle, ob wir die Grenzen nicht beachtet hatten. Wir freuten uns auf jeden Fall, dass wir wieder einmal alle zusammen sein konnten.

Nina berichtete uns von eurer Not, dass die Ärztin aus Hermsdorf nicht kommen konnte und Frau Dr. Klostermann (die Hausärztin) sich nicht traute und Dörte unbedingt Hilfe brauchte. Was ist man doch verzweifelt, wo solltet ihr denn hin. Wir denken viel an euch und beten abends für dich, Dörte.

18.3.62 Gerhard an seine Mutter
Donnerstagnacht kamen Bärben und Christian aus Hamburg. Er ist jetzt ein großer, stämmiger Junge und „gut gezogen" in der Hamburger Zeit. Mit Jubel wurde er von uns begrüßt, Dörte hatte große Sehnsucht. Auch am andern Tag mit Jubel in seiner alten Klasse empfangen, als der große Abenteurer der Hamburger Sturmflutkatastrophe. Er hat übrigens ein sehr gutes Zeugnis und seine Versetzung in die dritte Klasse mitgebracht. Darauf ist er sehr stolz. Das beste Zeugnis seines Lebens.

10.4.62 Gerhard
Mittwoch vor einer Woche, morgens um vier, ist Dörte, meine liebe Frau, eingeschlafen. Anfang dieses Jahres war sie noch mit mir in Spandau. Welch schöne Tage und Waldspaziergänge. Danach der schwere Entschluss auf Drängen der Familie, Dörte nach Spandau ins Stadtkrankenhaus zu einer Leberspiegelung bei Dr. Pickert zu geben, um Gewissheit über ihre Krankheit zu haben. Das schon wie ein Abschied vom Leben. Die Qual der Spiege-

lung. Die Feststellung: Leberkarzinom, Streuung der Metastasen von der Leber her. Das wussten wir ja schon vorher.

Dann die Entlassung aus dem Krankenhaus. Weil das
Blutbild so schlecht war, musste die Endoxan-Behand-
lung abgebrochen werden. Dann die Zeit hier zu Hause.
Der vergebliche Versuch mit Iscador, dem Mittel der
Anthroposophen. Dann musste doch wieder Endoxan
gegeben werden. Die rührende tägliche Fürsorge der
Hausärztin Frau Dr. Klostermann. Der 14-tägliche Besuch
von Dr. Paepra vom Lazarus-Krankenhaus. Dörtes Ab-
magern und Schwächerwerden, Metastasen setzten sich
auch ins Rippenfell und in die Lunge, später in alle inne-
ren Organe. Ihr Atem ging nur noch kurz. Sie war Tag
und Nacht in Schweiß gebadet.

Wir waren um sie und taten Gutes, wo wir nur konnten.
Sie war so dankbar für Hilfe. Bärben und Nina kamen und
wuschen sie. Mein Liebesdienst, sie nachts abzureiben, sie
war doch immer wieder in Schweiß gebadet, ihr zu helfen
beim Hemdwechseln. Sie war dankbar für die Kinder, die
ihr jeden Tag eine Freude machten, bastelten und malten.
Aber dass sie so plötzlich gehen musste, ahnten wir nicht.
Wir hatten immer noch eine kleine Hoffnung. Dörte war
verzagt und bange, vor allem nach dem letzten Herzanfall.

Und dann plötzlich die letzte Nacht. Wir trennten uns
nach der Passionslesung *(es war ja Passionszeit)*, dem Gu-

te-Nacht-Wünschen und dem „Hast so ein blasses Schnutchen" von dem Schmerzmittel für die Nacht. Vorher hatten die Kinder mit ihrer Mutti gebetet. Mutter aus Lichterfelde schlief bei ihr, damit ich mal eine Nacht durchschlafen konnte.

Um vier ihr Alarmruf: Dörte ist umgefallen. Wir hoben sie ins Bett, sie röchelte so tief. Mutter hielt die Hand am Puls und dann ging es zu Ende. So wie Sand, der warm aus den Fingern rinnt. Mutters Pietaruf: „Mein Dörtchen, mein Dörtchen!" Ich saß stumm an der Seite des Betts, schluchzte und hielt ihren lieben Arm, streichelte ihn. Und Nina im Hintergrund. Und das Leben rann weg. Es wurde ganz still. Und sie wurde schon kühler. Wie heiß war sie in den letzten Tagen gewesen, als ob sie durchbrenne.

Wie dankbar bin ich, dass wir sie bei uns haben durften. Dass wir es ihr so einrichten konnten. Wie dankbar war sie, bei uns zu sein, nicht noch einmal ins Krankenhaus zu müssen. Natürlich auch vor Sorge vor den schweren Nächten da. Hilfe immer so weit weg und das Herz so schwach.

Inzwischen hatte der Morgen gegraut. Die Vögel fingen an zu singen. Plötzlich stand Erdmann an der Tür. Dörtes Mutter war starr und drehte sich nicht um. Ich ging zu ihm, umarmte ihn, weinte und schluchzte. Ich küsste ihn: „Mutti ist tief eingeschlafen, ihre Seele ist unterwegs zu Gottes Thron."

Am Morgen dann beim Frühstück, was für ein schwerer Tag lag vor uns. Wir lasen die Losung vom Engel, der vorüberzog an den Türen, die mit dem Blut des Lammes bestrichen waren. Am Nachmittag kam Pfarrer Behrends zur Aussegnung. Alle Familienmitglieder kamen zusammen, standen um ihr Bett, lasen den 126. Psalm und sangen ihr Lieblingslied: „Herzlich lieb habe ich dich o Herr". Kerzen brannten links und rechts. Abends wurde sie in den Sarg gelegt.

Und gestern haben wir meine liebe Frau beigesetzt auf dem Golgatha-Friedhof. Die Feier vorher im Lutherhaus mit 300 Personen. Am Grab sang die Gemeinde „Christ ist erstanden", wie eine Mauer um das Grab herum. Abends saß ich noch mit Bärben, Nina, Maria *(aus Dörtes Zehlendorfer Chor, Patin von Christian)* und Ellen *(Cousine).* Wie rührend Nina und Bärben Dörte und mir geholfen hatten, beim Waschen, im Haushalt. Und Marias Angebot, ihre Ausbildung im Krankenhaus abzubrechen, um hier beizustehen. Sie ist erst 25. Ist das richtig?

13.4.62 Oma Lichterfelde an Oma Biesdorf
Wir hatten immer gehofft, man würde dich doch zum 9.4. herlassen. Du hast uns so sehr gefehlt. Wie sehr hat sich Dörte auf dein Kommen gefreut und auf dich gewartet!

Mit unserer lieben Dörte hat Gott es doch gut gemeint, dass er sie so schnell gerufen hat. Sie hat in den letzten Wochen viel Schmerzen gehabt und viel Angst, und wir alle fürchteten uns vor dem noch viel Schrecklicheren, das noch kommen würde, wenn die Metastasen weiter durch den Körper gingen. Ich war am Dienstagabend ganz erschüttert über ihren furchtbar aufgetriebenen Leib im Gegensatz zu dem abgemagerten Oberkörper, als sie sich mit meiner Hilfe wusch. Außer Leber und Lunge waren wohl auch Milz und Bauchspeicheldrüse, Blase und wohl auch schon das Gehirn mit Metastasen befallen. Unser armes Kind!

Am letzten Dienstag fuhr mich Marianne mit Erdmann und Tinchen nach Reinickendorf. Wir hatten uns für die Nacht eingerichtet, ja eigentlich nur, damit Gerhard einmal schlafen sollte. Wir hatten einen schönen Nachmittag zusammen. Abends krochen die Kleinen an ihr Fußende und sie sang ihnen noch ein Kinderlied vor. Es fiel mir auf, was sie für eine reine, helle Stimme hatte im Gegensatz zu der letzten Zeit. Dies Abendgebet und der Gutenachtkuss war ihr Abschied von den Kindern.

Nachts um zwei weckte mich Dörte, weil sie so sehr schwitzte, und ich zog sie um. Dann schliefen wir wieder ruhig, bis ich sie kurz nach vier auf dem Bettrand sitzen sah mit sehr ängstlichem Gesicht. Ehe ich aufstehen konnte, sackte sie plötzlich zur Seite. Ich rief Nina und Gerhard, und während wir sie zusammen aufs Bett legten, tat sie schon ihre letzten Atemzüge. Sie sagte nur noch: „Mein dummes Herz!" und „Was ist mir nur?"

Gerhard und ich drückten ihr die Augen zu und hielten noch lange ihre Hände. Es war wohl eine Embolie. Gott hat es gut mit ihr gemacht. Aber für uns war dieses schnelle Ende sehr schmerzlich. Der arme Gerhard und die Kinder nun ohne Mutter! Tinchen fragte: „Mutti noch nicht aufgewacht?"

Ach, liebe Mutter Kühn, wo sollten wir nur hin mit unserem Schmerz, wenn wir nicht diese Osterhoffnung hätten! Gestern waren wir alle zusammen an Dörtes 34. Geburtstag bei Gerhard und gingen mit den Kindern zum Grab. Dieses Grab, über und über mit Blumen bedeckt, ist nun das letzte von unserem Kind – doch nein, ihre Kinder sind uns geblieben, und alle Liebe bleibt, mit der sie an uns allen hing.

Auf dem Grabstein diese Verse aus dem Gesangbuch:
O Lebensfürst, ich weiß du wirst
mich wieder auferwecken.
Sollte denn mein gläubig Herz
vor der Gruft erschrecken?
Sie wird mir sein ein Kämmerlein,
da ich auf Rosen liege,
weil ich nun durch deinen Tod
Tod und Grab besiege.
Gar nichts verdirbt, der Leib nur stirbt,
doch wird er auferstehen
und in ganz verklärter Zier
aus dem Grabe gehen.
(aus: „So ruhest du o meine Ruh" von Salomo Franck)

Nachwort

Wie ging es weiter nach Dörtes Tod? Eine Restfamilie im Schockzustand. Ein völlig verzweifelter Vater, der nicht mehr weiterwusste. Vier traumatisierte Kinder, jedes auf seine Art. Die eine Oma durfte erst über ein Jahr nach der Beerdigung zu ihrem Sohn ziehen, um zu helfen. Die andere Oma und alle Tanten halfen nach Kräften mit, auch Marianne und Ellen. Der Opa überlebte den Tod seiner geliebten Dörte nicht lange, ein grausames Schicksal wiederholte sich hier: Seine geliebte erste Frau Dörte war jung gestorben, nun starb seine erste Tochter Dörte mit 33 Jahren, das brach ihm das Herz.

Traditionell war es damals durchaus üblich bei großen Familien, dass nach dem Tod der Ehefrau eine der Schwestern an ihre Stelle trat. Und so war bei dem ständigen Kommen und Gehen der vielen Helferinnen im Haushalt auch dies ein Aspekt, den Gerhard bedenken musste. Cordel hatte gerade erst das Abitur gemacht und war natürlich zu jung, aber drei ihrer älteren Schwestern waren noch unverheiratet. Die Kinder sehnten sich nach ihrer „Himmels-Mutti" und Gerhard suchte nach einer Frau, die bereit war, einen überforderten Mann mit vier trauernden, kleinen Kindern zu heiraten.

Er erinnerte sich an das Angebot der 25-jährigen Maria, ihre Kinderkrankenschwester-Ausbildung abzubrechen und zu helfen. Fast erschien es ihm wie ein kluger Hinweis von oben: Dörte hatte ja die damals noch sehr junge und sympathische Zehlendorfer Chorsängerin zur Patentante des zweiten Kindes gemacht. Er fasste all seinen Mut zusammen, fuhr nach Hannover und fragte direkt an der Tür, ob Maria ihn heiraten wolle. Sie war so überrascht, dass sie spontan „Ja!" sagte. Sie gingen stundenlang im Park spazieren, er breitete sein ganzes Leben vor ihr aus, sie blieb trotzdem dabei. Aber das ist eine andere, neue Liebesgeschichte …

Inhalt